神(かみ)スキル!!!

絶叫(ぜっきょう)！　暴走(ぼうそう)!?　ねらわれたテーマパーク

大空(おおぞら)なつき・作
アルセチカ・絵

角川つばさ文庫

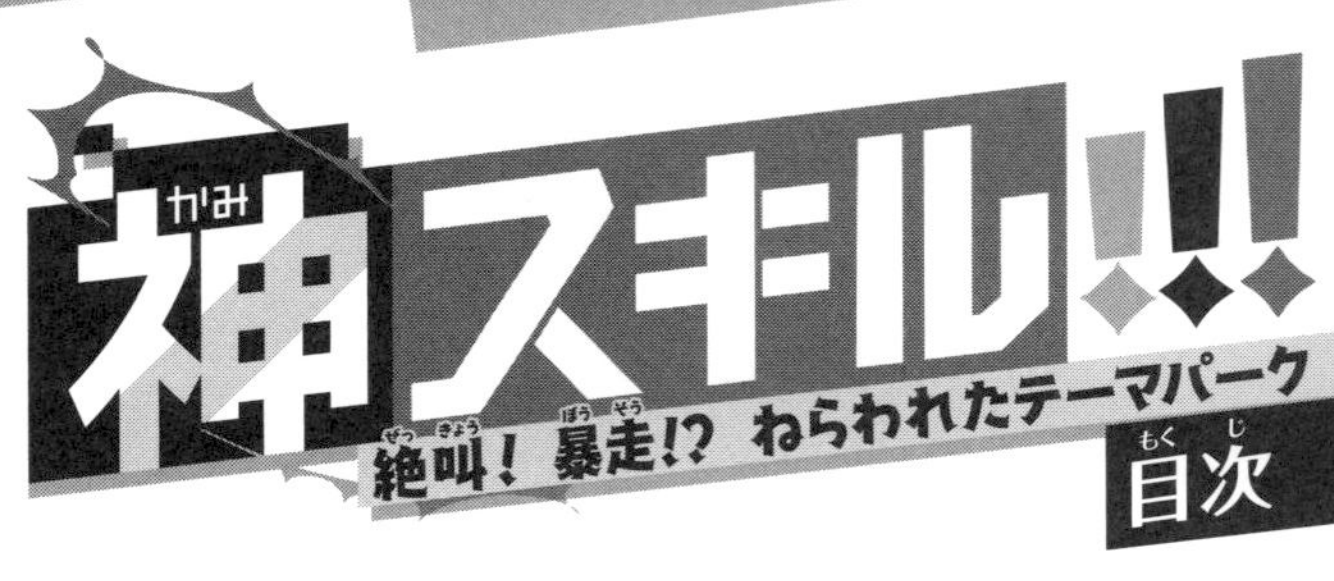

神スキル!!! 絶叫! 暴走!? ねらわれたテーマパーク

目次

神木朝陽

小学6年生。三きょうだいの次男。
運動は何でも得意！
〈ふれずに物を動かすスキル〉を持つ。
でも、重いものはムリ!?

神木星夜
中2。長男。
クールに見えて、やさしい。
〈人の心を読むスキル〉を持つ。
知りたくないことも聞こえちゃう!?
神木まひる
中1。長女。
成績は学年トップ！　おしゃれ好き。
〈はなれた場所を視るスキル〉を持つ。
ただし、近い場所だけ!?
若月春斗
三きょうだいのいとこ。
呼び名は、ハル兄。

1 遊園地は体力勝負!?

ある金曜日の夕方、おれ、神木朝陽は近所を走っていた。

「はっ、はっ、はっ」

一歩ふみだすたびに、まわりの景色が変わる。

よく行くスーパーやファミレスの前の道。

軽く走るだけで、いつもと違って、新鮮で——。

「って、明日テーマパークに行くのに、なんで近所を走ってるんだっけ!?」

「ぜえっ、ぜええっ……そ、それはぁ!」

となりで、まひるが口を開ける。

すうっ
「**最新テーマパーク、ドリーム・ワンダーランドを全力で楽しみつくすためえええええええ〜〜〜!**」

うわっ、大声で、めちゃくちゃ目立ってる！

クラスメイトのだれかに見つかる前に……。

運動不足で息を切らす姉のまひるを、おれはじろっとにらんだ。

「まひる、もうちょっと小さい声で話せない？　それに、やっぱり、明日行くテーマパークのために今日ランニングしても意味ないって！」

「はあっ、だって！　最近行ったスクール・キャンプでも、わたしだけヘトヘトになったでしょ。ドリーム・ワンダーランドでも、一人力つきて楽しめなかったら、人生三回分は後悔しちゃう！」

「……まひる、人生三回分は、後悔しすぎじゃないか？」

後ろを走っていた、兄の星夜が言う。

運動が得意な星夜は、まひると違って息一つ切れてない。

「だいたい、前日だけの走りこみに効果はあるのか？　こういうことは、積みかさねが大事な気がするけど」

「おれも同感」

「ふっ、ふっ、ふふふっ。星夜、朝陽、あまいっ！」

まひるが、青い顔をしながらも、ニヤッと笑った。

「積みかさねで成果が出るってことは、一回ごとに少しずつ効果があらわれるってこと。つまり、一回やっただけでも、何もやらないのとは〈雲泥の差〉なの。わたし、前向きでえらい！」

「運勢の差？　あ、そういえば、おれのいて座、今日のテレビの占いで一位だった！」

「ちがーうっ、雲泥の差！　空と地上くらい、ものすごく大きな差があるってこと。似た言葉だと、月とスッポンとか……あっ、説明して疲れてきた。もう、あと三メートルで倒れる！」

「言いだしっぺなのに、もうギブアップ!?」

まだ、家を出て三百メートルしか来てないのに！

「朝陽、スキルで背中を押して〜。朝陽のスキルなら、ふれずにこっそりやれるでしょ」

「それ、おれが、まひるのぶんも疲れない？」

「つらいなら、オレが家まで背負っていくか？　トレーニングにはならないけど……」

「それはダメ！　星夜は、ふれた人の心が強制的に読めちゃうから、わたしが、あと十メートルは走れるのに、あまえたこと言ったのがバレバレになっちゃう！」

三メートルも十メートルも、たいして変わんない！

えっ？　ふれずに背中を押したり、心を読んだりって、どういうことかって？

じつは、おれたち神木三きょうだいは、小さいころから〈神スキル〉——めちゃくちゃすごいスキルを持ってるんだ。

中二の、長男・星夜は、『人の心を読むスキル』。

中一の、長女・まひるは、『はなれた場所を視るスキル』。

そして、小六のおれ・朝陽は、『ふれずに物を動かすスキル』がある。

でも、スキルがあっても、なんでもできるわけじゃない。

星夜は、聞きたくない心の声を聞くことがあるし、まひるは半径一キロくらいしか視えない。

おれも、動かせるのは自分の手で持てるのと同じくらい。せいぜい十キロ。

しかも、スキルを使いすぎると、すっごくおなかが空くし――。

「あれ、朝陽くん？」

「お兄さんやお姉さんもいるね。でも、なんだか、少しきつそう？」

あ、クラスメイトの久遠さんと高坂さんがこっちを見てる。

今すぐ走って逃げたい！

「まひる、早く行こう。あ、ドリーム・ワンダーランドをかけ声にして走ったら？　気合いが入るかも」

「ダ～メ。ドリーム・ワンダーランドはウルトラメガヒット級の大人気テーマパークだよ？　そんなところに行くって悪い人に聞かれたら、わたしたちのチケットが奪われちゃうに決まってるもん！」

テーマパークにそこまで命かける人、まひる以外にいる!?

しかも、さっきは自分で叫んでたくせに。

「とにかく、もう帰ろ。今日は、まだまだやることあるんだし」

「はーい」「了解」

おれたちは、走る速度を上げて、家の玄関にかけこむ。

ガチャッ

「ただいま！」

「おかえり」

キッチンから、ハル兄が顔をのぞかせる。

ハル兄――若月春斗は、おれたちのいとこで、仕事で海外にいる父さんと母さんの代わりに、おれたちの保護者をしてる。

二十三歳で年ははなれてるけど、おれたちの話もしっかり聞いてくれる頼れるいとこ。

四人が集まれば、神木ファミリー集合だ。

「三人とも、準備はばっちりみたいだね。じゃあ、さっそくやろうか」

「うん！」

「「「ドリーム・ワンダーランド攻略、神木家☆大家族会議！」」」

2 神木家☆お楽しみ会議

夕食のあと、四人でかこんだテーブルの上には、大きなガイドブックがのっていた。

表紙には、豪華な写真。タキシード姿の着ぐるみに、お菓子やおみやげ。

そして、夜空に輝くお城と花火がのっている。

〈ドリーム・ワンダーランド　完全攻略ガイドブック〉

「じゃあ、行きたいところを出しあおう。ちゃんと、みんなの意見を合わせて――」

「待ってました～～～！」

まひるが、一番にガイドブックを開いた。

「ええっと、まず絶叫アトラクションは外せないでしょ？　ジェットコースターにウォーターライドに、あとやっぱり大事なのはフォトスポット。広場のお城は絶対に行くし、着ぐるみとの撮影に、個数限定のレアおみやげに、耳つき限定パーカーにキャラグッズに！」

「まひる、ストップ」

ぜんぶ聞きとれないって。

星夜も、苦笑いしながらガイドブックをのぞきこむ。

「『今年開業した最新型テーマパーク、〈ドリーム・ワンダーランド〉。最先端の技術を使った、ここだけのアトラクションをあなたに』――アトラクションが二十種類もあるのか。すごいな」

「でしょ？　こわ～いものから、かわいいものまで充実してるの。オープン前に、三か月分のチケットが五分で完売。もう一年先までキャンセル待ちで埋まってるんだから」

「一年先？」

おれ、一年先の予定なんて、立てられないんだけど！

「じゃあ、やっぱり全力でマンキツしないと。おれは、ジェットコースターと、あとは、やっぱりグルメ！　限定ポップコーンに特製ジュースに……あ、お化け屋敷もある？」

「オレは、映像がきれいなアトラクションがいいな。最新技術を使った大迫力のものとか……」

「みんな、夢がふくらんでるね。ぼくも、チケットをもらってよかったよ」

ほほ笑むハル兄に、星夜が笑いかえした。

「それにしても、スクール・キャンプの帰りに、ハル兄から来たメッセージにはびっくりした。『ドリーム・ワンダーランドに、みんなで招待されたよ』って書いてあってさ」

「早く伝えたくなってね。絶対に大喜びするでしょ？」

「それは、もちろん。でも、どうして、ドリーム・ワンダーランドに招待されたの？　仕事の関係で、って話だったけど」

あれ？

たしかに、なんでだっけ。

「ぼく、説明してなかった？」

ハル兄の質問に、まひるが首を横に振る。

「わたしは、聞いてないよ。でも、気になってはいたんだ。ハル兄の職場は大学だから、テーマパークと関係ないようなって……もしかして、アブナイ方法で入手したチケットとか？」

「あはは、まさか。本当に仕事でもらったんだよ。大学の研究でね」

「研究？」

「うん。ぼくは大学で、応用物理学を研究してるんだ。物理——力やエネルギーの仕組みを使って、新しい道具を作ったり、世の中を便利にしたりする学問かな」

「……え、ええっと」

ぜんぜんわかんない。

「応用物理学はね、カメラのレンズから、エアコンや冷蔵庫、スマホや線路、ロケットまでいろんなものに使われているんだよ。もちろん――テーマパークのアトラクションにもね」

「テーマパークの……それって！」

ハル兄が、にこっと笑った。

「そう。ぼくが大学で研究している内容が、アトラクションに使われることになったんだ。研究協力、っていうやつだね。つまり、アトラクションづくりに参加したってこと」

アトラクションづくりに!?

「**すごい！**」

ハル兄って、そんなすごい仕事をしてたんだ。

今まで、てきぱき家事をしたり、おいしいごはんを作ってくれたりする、家でのハル兄しか知らなかった。

なんだか、リラックスしたTシャツ姿が、まぶしく見える！

まひると星夜も、尊敬の目でハル兄を見た。

「ハル兄、そんなことしてたの？　家事も仕事もできるなんて、すごくカッコいい！」

「もっと早く教えてくれてもよかったのに。オレも、ハル兄の仕事の話をもっと聞きたいな」

「そう？　少し照れるね。とにかくそういう理由で、ドリーム・ワンダーランドに招待してもらえたんだ。できれば家族で行きたいとお願いしたら、四名分、オーナーさんが準備してくれてね。〈子どもも大人も家族で楽しめるパーク〉だから、ぜひ、みんなで来てほしいって」

「へえ、そうなんだ」

いい人だなあ。そのオーナーの人も、家族を大切にしてるのかも。

「ハル兄、ありがとう。おれたちの分まで、チケットを頼んでくれて」

「気にしないで。ぼくも、みんなといっしょに行きたかったんだ」

ハル兄が、ほがらかに笑う。

家族四人で行くドリーム・ワンダーランド。

しかも、ハル兄が作ったアトラクションにも乗れるなんて、ますます楽しみになってきた！

まひるも、にんまりと笑って、マップを開いた。

「とりあえず、みんながあげてくれた場所をもとに、最高のプランを作ろ。ハル兄のアトラクションは絶対行くことにして――」

「でも、まひる。ちゃんとプランを作れる？　すでに、予定をオーバーしそうじゃない？」

「それは、まかせて。ぜんぶは回れないかもしれないけど、明日の出発までに、一番楽しめるプランをわたしが作っておくから。全員の希望も入れてね。それと、ハル兄は……」

「うん。アトラクションの予約は、ぼくにまかせて。そうすれば安心でしょ？」

「それ、助かる！」

まひるはプラン作りが得意だし、ハル兄が予約してくれれば、まちがいない。

あとは、明日が来るのを待つだけ！

「よし。じゃあおれは、洋服と荷物を準備したら、ガイドブックを見ながらゴロゴロして……」

「……朝陽、大事なことを忘れてないか？」

え？

ガイドブックから顔を上げると、星夜に加えて、まひるとも目が合う。

「あ、そうそう。残念だけど、朝陽には、やることがあるよね」

「『宿題』」

「えっ」

しゅ。

しゅ、しゅ。

「**宿題〜〜〜!?　なんで！**」

「だって、明日、パークから帰ってきて宿題をする気なんて絶対起きないでしょ？」

「それに、朝陽のことだから、つぎの日も、友だちにおみやげを持って行ったり、おしゃべりしたりでいそがしい可能性もあるな」

うっ、たしかに。

でも、こんなに楽しみなことが目の前にあるのに、今やるって、きびしすぎない⁉

「えっと、まひると星夜は？　二人も宿題があるんじゃ……」

「わたしは、学校の休み時間に終わらせちゃった。帰りの会で配られたプリントも、下校する前に、桜子とやっちゃったし」

「オレも、帰ってきてすぐに終わらせた。来週の月曜の予習も、もうぜんぶ、すませてある」

「げっ。じゃあ、まだやってないの、おれだけ？」

でも……やっぱり今はやりたくない。

こんなときは！

小さな期待をこめて見上げると、ハル兄がきょとんとした顔をする。

やっぱり無理？　でも、ハル兄なら、もしかして！

「……ふふっ。朝陽、がんばってね」

ガーン

「あー、もう、了解！」

廊下へ続くドアに飛びつくと、おれは三人のほうを振りむいて叫んだ。

「まひる。絶叫アトラクションは、絶対プランに入れて。あと、ポップコーンとおみやげも！」

「はいはい。あ、ときどきスキルでチェックするから、サボらないようにね」

「朝陽、わからないところがあったら、いつでも聞いてくれ。まあ……オレたちは、ガイドブックを見ながら盛りあがってるかもしれないけど」

あ〜、ずるい。絶対、さっさと宿題終わらせる。

自信はないけど！

おれは、リビングを飛びだすと、自分の部屋に向かって階段をかけあがったのだった。

3 覚えてない思い出

肩にタオルをかけたまま廊下に出ると、大きく伸びをする。

「はー、やっと終わった」

一時間、みっちり宿題した！

わからないところは、まひると星夜に聞いたし、もう完ぺき。

「お風呂のあとの見なおしも、意外と大変だったなあ。でも、まひるが、『まひるの豆知識。復習は一日後、一週間後、一か月後、そして寝る前に見て睡眠学習もオススメ！』って言うから」

でも、たしかにばっちり身についた気がする。もう忘れないかも。

「髪を乾かして、早く寝ようっと。あ、その前に牛乳。がんばりすぎて、のどカラカラ――」

あれ？

一階に下りて、洗面所へ行く途中で見えた明かりに、足が止まる。

――階段の横のドアが、少しだけ開いてる。

ここは、ハル兄の書斎。仕事や作業をするための小さな部屋だ。

……ハル兄、何してるんだろ？

ドアのすき間から、そうっとのぞくと、左右の壁にずらっと並んだ本棚が見える。

いつ見ても、何が書いてあるかわからない、むずかしそうな本ばっかりだ。

そんな本棚の先にある、窓に向いた机にハル兄が座っていた。

パジャマだ。お風呂に入ったあとかな？

カタカタと、パソコンのキーボードをたたく音が聞こえてくるけど、おれからは、ハル兄の後ろ姿しか見えない。

すごく、一生懸命に……。

「だれ？」

「わっ！」

声をあげたときには、ハル兄がこっちを振りむいていた。

「朝陽、まだ起きてたんだ。宿題の復習をしてたの？」

「うん。寝る前に牛乳を飲もうと思って……邪魔してごめん。ハル兄は何してたの？　勉強？」

ハル兄の肩ごしに見えるパソコンをのぞくと、びっしりと小さい文字が見える。

うわっ、ぜんぶ英語。

しかも、あれ、算数の式？　見たことない記号がたくさん入ってる！

「もしかして、仕事？」

「うん、少しだけね。急いで確認しておきたい資料があったんだ。今、読んで頭に入れておけば、家事をしながらでも、考えごとができると思って」

「そうなんだ」

ハル兄、すごいな。今日のおやつも夕飯もおいしかったし、シーツもふかふかだった。

なのに、家事だけじゃなくて、さらに研究もがんばってて――。

なんだか、ハル兄がちょっと遠く感じる。

もしかして……おれが知らないハル兄の顔も、たくさんあったりするのかな。

「ハル兄、あの……」

「そうだ、朝陽。ちょっと待ってて」

「え？」

ハル兄は、イスから立ちあがって部屋を出ると、少しして、カップを二つ持って戻ってくる。

おれとハル兄の専用カップだ。中には、ほかほかの真っ白い牛乳が入ってる。

「はい。寝る前のホットミルク」

「ありがと、ハル兄」

カップを受けとると、手の中が、ほんのりあったかくなる。

ちょっとあまい香りがする。たぶん、おれのためにあまくしてくれたんだ。

……こういうの、やっぱりうれしいな。

おれが、棚の前にあったふみ台に座ると、ハル兄は、おれに向きなおった。

「そういえば、最近、ゆっくりおしゃべりできてなかったね。学校はどう？　楽しい？」

「もちろん。クラスで友だちもたくさんできたし、となりの席の子も、いい子だし」

「そういえば、スクール・キャンプでもいっしょだったんだっけ。久遠さんだったかな」

「そうそう。久遠夕花梨さん。ほら、あの四月にあった、十億円ニセ札製造事件んんんっ」

あわてて自分の口を押さえる。

あぶない。あの事件で、神スキルを使って久遠さんを助けたことは、ハル兄には秘密だった！

じつは、おれたちは、神スキルについてハル兄と二つの約束をしてる。

一、犯罪や悪いことには使わないこと
二、危険な使い方をしないこと

なぜなら、神スキルは、使い方によっては危険なことにもなるから。

そして、この二つとは別に、おれたち三きょうだいで決めた、三つ目の約束がある。

三、神スキルをヒミツにすること

これは、特に星夜のためのもの。星夜は小学生のとき、クラスメイトを助けるためにスキルを使った結果、心が読めるんじゃないかと疑われて、こわがられたことがあるからだ。

もちろん、ハル兄はおれたちの神スキルを知ってるから、三つ目の約束を破ることにはならないけど……久遠さんを助けたときのスキルの使い方がバレたら、あぶなすぎって怒られる！

それに、『有名鑑定士闇オークション事件』や『運動会強盗乱入事件』とか、他にも人助けしてるのがバレるかもしれないし……。

「？　朝陽、どうしたの？」

「なんでもない！　あー、のどかわいた」

ごくごくごくっ
あ～、ハル兄特製のホットミルク、一気飲みしてごめん！

「そ、それより、明日のお出かけ、楽しみだね。もしかして仕事がいそがしかった？」

「だいじょうぶだよ。それに、ぼくも、朝陽に負けないくらい、すごく楽しみにしてる」

ハル兄が、ふっと笑った。

「そういえば、前にも一度、みんなでいっしょに遊園地に行ったよね。覚えてる？」

「えっ。みんなで？　てっきり、今回が初めてだと思ってた」

「七年前だから、朝陽が五歳のときだね。ジェットコースターに乗るのに身長が足りなくて、くやしがってた。しかも、一人で子ども向けのコースターに乗りに行って、迷子になって……」

「えっ、なにそれ。めちゃくちゃはずかしい！」

「ははっ。ぼくにとっては、いい思い出なんだ。けっきょく、ぼくが一番に朝陽を見つけたんだよ。涙をがまんしていた朝陽が、ぼくを見て、ほっとした顔をしてくれて、うれしかったなあ」

「……そうだったんだ」

うっ。やっぱ、はずかしい！　おれ、そんな小さなときから、ハル兄に助けてもらってたんだ。

目が合ったハル兄がやさしく笑って、ますます照れる。

もしかして、お世話になりっぱなし？

あ〜、しかも、おれだけ覚えてないって、ちょっとくやしい。

おれも、ハル兄との思い出は大事にしたいのに……そうだ！

「じゃあさ。明日は、絶対に忘れない思い出をたくさん作ろうよ」

「絶対に忘れない思い出？」

「そ！　まひると星夜と、みんなで、パークをあちこち回って、ハル兄が作ったアトラクションにも乗ってさ。たくさん遊んで、おいしいものを食べて」

小さいときのおれも、目いっぱい楽しんだと思うけど、それを超えるくらい楽しんだら――。

きっと、家族の最高の思い出になる！

「おれだって、もう絶対に忘れないから」

「……ふふっ、わかった」

ハル兄が、おれのホットミルクのカップに、自分のカップをコツンと当てた。

「じゃあ、朝陽はもう寝ないと。寝坊したら、きっとまひるが朝から飛びかかってくるよ」

「うわっ、もうこんな時間!? じゃあ、ハル兄。おやすみ!」

「おやすみなさい、朝陽」

カップをハル兄にお願いすると、歯を磨いて、急いで自分の部屋に戻る。タオルを放りだしてベッドに飛びこむと、ニワトリの目覚まし時計を、いつもより一時間早くセットした。

……あー、楽しみで眠れない!

「人多いのかな。おこづかい足りる? そういえば、ハル兄は、どのアトラクションに協力したんだろ。ジェットコースターも……絶対乗るし…………ふわあっ」

なんだか、体があったかい。

さっきハル兄が作ってくれた、ホットミルクのおかげかも。

「あした……たのしみだな……」

まひるの豆知識どおり、宿題をがんばったおれは、あっさり睡眠学習をしはじめたのだった。

4 到着前のアトラクション!?

つぎの日は、天気予報どおりの、いや、天気予報以上の快晴だった。
半袖のTシャツ、よし。上着、よし。
おこづかいをつめたボディバッグ、よし！

ガチャッ

「おはよー」

リビングのドアを開けると、星夜とまひるが振りむいた。星夜はソファに座って、まひるはテーブルで、最後の荷物チェック中だ。

「朝陽、おはよ。うん、集合時間ぴったり！　一秒でも遅れたら叩き起こしに行くとこだった」

「それ、どんなタイムアタック!?　どうせ、まひるだってギリギリだったんじゃ……って、もう準備が終わってる？　いつも、洋服が〜、髪型が〜って言ってるのに」

まひるが、すずしげなワンピースを見せびらかすように、くるりと横に一回転した。

「ふふふっ。それはもちろん、ドリーム・ワンダーランドで一秒でも長く遊ぶために決まってるじゃない。昨日、寝る前に、洋服も荷物も完ぺきに用意したの。残ってたのは髪のセットだけ！」

「それだけで、ずいぶん洗面所をひとりじめしてたけどな」

星夜が冗談めかして言う。星夜も、今日はいつもより動きやすいカジュアルな服だ。

日よけがわりのつばつきの帽子が、クールに決まってる。

キッチンから、シンプルなシャツを着たハル兄が、顔をのぞかせた。

「朝陽、おはよう。今、朝食のサンドイッチを出すからね」

「うん」

いいすべりだし！

ハル兄からサンドイッチのお皿を受けとったとき、まひると星夜が話しだした。

「それじゃあ、今日の流れを説明するね。チケットで中に入ったら、まず超特大クッキーのおみやげをねらうよ。なんと、限定十個なの。そのあと、大人気のウォーターライドとお化け屋敷を楽しんで、お昼はレストランでおいしいランチ！」

「その後は、夕方までアトラクションと買い物を楽しんで、夜のパレードを見たあと、ジェットコースターに乗る予定だ。定番だけど、たっぷり楽しめると思う。朝陽、どうだ？」

「完ぺき。早く行きたくなってきた！」

まひるも、うんうんと笑顔でうなずいた。

「わからないことがあったら、わたしになんでも聞いて。あ、そうそう、移動は電車にしておいたから」

「ほんとに⁉」

やったー！　という叫び声をのみこんで、キッチンにいるハル兄をちらっと見る。

ハル兄は、掃除も洗濯も完ぺきで、料理なんかプロ級にうまい。

でも、車の運転だけは、呪われてるのかもってくらい、神ヘタい‼

ドリーム・ワンダーランドまでハル兄の車で行くことになったら、無事にたどりつけるかもあやしいから、たぶん、まひると星夜が電車にしてくれたんだ。

さすが、おれのきょうだい！

感謝のウインクをすると、まひるがにっこり笑って、サンドイッチを手に取った。

「じゃあ、朝ごはん食べたら、すぐに出発しよ。まずは最寄りの駅に行って……あっ、うそ！」

「どうしたの？」

まひるが見ていたスマホを、横からのぞきこむ。

うわっ、すごい人！　駅のホームに、人があふれてる。

ええっと、電車情報――**ドリーム・ワンダーランド方面の快速電車に、大幅な遅れ!?**

「そんな～。駅の大混雑で、電車が遅れてるって。今から行っても三時間はかかるよ」

「えっ、三時間!?」

おれにしては、がんばって早起きしたのに！

「あー、おれたちの最強プランがピンチ!?　星夜、何かいい方法ない!?」

「今すぐ駅に行くしかないだろうな。みんな同じことを考えて、さらに混むだろうけど……」

「そんな～。それじゃあ、やっぱりもう絶望的!?」

「**それなら……車で行く？**」

「「「**えっ！**」」」

驚くおれたちに、ハル兄は笑顔で自分のスマホを見せる。

「ほら。パークのホームページを確認したら、今日は駐車場に空きがありそうだって。今のところ渋滞の情報もないし、これなら車のほうがスムーズにパークへ行けるんじゃないかな」

「た、たしかに……」

そのとき、星夜の心の声が頭に響いた。

星夜は、きょうだいの間だけなら、スキルで心をつないで会話することもできるんだ。

（まひる、朝陽、どうする？　ハル兄は、ああ言ってるけど）

（もちろん、ありがたいよ～。でも、ホントにハル兄の車でだいじょうぶ？　到着した時点で、げっそりしてる可能性も……）

（それは、おれも心配！）

だけど……みんなでパークを楽しむ時間にはかえられない。

「車で行こう。ハル兄、お願い！」

「まかせて。じゃあ、早く行こうか。これから混むかもしれないからね」

みんなで急いで家を出て、玄関のすぐ前に停めている、いつもの青い車に乗りこむ。

おれとまひるは後部座席。星夜は、助手席だ。

シートベルトをしめると、運転席で座席の調整を終えたハル兄が、おれたちを振りむいた。

「じゃあ、出発するね」

ブルルン！

車のエンジンがかかると同時に、おれの心臓もドキドキしはじめる。

やっぱり、やめておいたほうがよかった？

また、ハイスピードと急ブレーキをくりかえす、恐怖体験になるんじゃ――。

スウ――――ッ

(((えっ!)))

車庫からスムーズにすべりだした車に、おれも、まひるも星夜も、びっくりする。

前は車庫から出るだけで十五分はかかってたのに……ハル兄、本当に練習してたんだ!

「すごい。ハル兄、運転がうまくなってる!」「うん、ぜんぜんちがうね!」「本当だな」

「ふふっ。そう言ってもらえるとうれしいな」

ルームミラーごしに、ハル兄の目元が笑う。となりのまひるが、ちらっとおれを見た。

(これなら、いけそうじゃない? 乗りかえなしで、パークまで一直線! ね、星夜)

(そうだな。それに電車より楽だ。やっぱり、何でも積みかさねが大事で……)

ギュウウウウウウン ギュイン!

(((ヒッ!)))

車が、ものすごい速度で急発進したかと思うと、光の速度で角を曲がる。

ヤバいヤバい、ヤバい!

(信号!)

ピタッ！　――赤信号で、車が急停車する。

ほっとした瞬間、救いの赤信号が、すぐ青に変わった。

（（ああっ！））

ギュウン　ガクン！　ギュイイイン　ぐいんっ!!

ブオオオオオオオッ　キキ――――ッ!!

そうだった。

ハル兄の運転は、急加速と急停車の連続。

テーマパークも真っ青。ハラハラドキドキのアトラクションだ！

まひるが、ぐっと、おれの手をつかんだ。

（やっぱり電車にすればよかったあ！　朝陽、スキルで助けて。このままじゃ、わたし、うぐっ、パークに着く前に、乗り物酔いでへろへろになっちゃう！）

（スキルで助かるなら、おれもとっくにやってる！）

あ、でも、できるだけ体を座席に押さえつけて、振動を減らせば――。

ぐわんっ！

「ううっ！」

自分のスキルで、おなかを押した……ハル兄の車は動きが読めないから対応できない！

おれの前に座った星夜も、きびしい顔だ。

（うっ……まひる。あとで、オレと席を替わるか？　助手席のほうが酔いにくいから……）

　そのとき、ハル兄が笑顔で言った。

「なんだか今日は調子がいいなあ。もしパークで運転する乗り物があったら、ぼくに任せて」

「「「**それは、絶対ダメ！**」」」

　ハル兄が作ったほうがいいのは、アトラクションじゃなくて、自動で走る車！

　ああ、パークまで命がありますように……。

　おれは、すべてをあきらめてハンカチを取りだすと、アイマスクの代わりにスキルで自分の目元にしっかり固定したのだった。

5 テーマパークへ、ようこそ！

「……せ、星夜、生きてる？」

「ああ……」

ドサッ！

おれと星夜は、車から降りると、思わず地面に両手をついた。

はあ、長かった……一時間が、十時間に感じた。

しかも、けっきょく、まひるをスキルで座席に押さえつづけて、ほとんど眠れなかったし。

「あれ。そういえば、まひるは――」

「む……り……………」

ズボッ
車から降りたまひるが、駐車場の花壇に頭から突っこむ。

「みんな、ドリーム・ワンダーランドを楽しんで。わたしは、ここに埋まってるから……」

「まひる、しっかり！　ほら、もうパークは目の前だって！」

「オレが背負っていくか？　中には医務室もあるはずだから……」

「みんな、本当にごめんね。なんでこんなにうまくいかないのかな。これなら、量子もつれの理論を理解するほうが、まだ簡単かも」

ハル兄、それ、一生かけても解けないいくらいむずかしいって、前にテレビで言ってたけど!?

「まひる、無理しないでね。今度、自分たちでチケットを買って来てもいいんだから——」

ジャ——ン！

『お待たせいたしました。ドリーム・ワンダーランドへ、ようこそ！』

「あ、開園の放送だ〜！　わたしたちも、行こうっ」

まひるが、遠くに見える門のほうへ走りだす。

うわっ、一瞬で元気になってる。あの精神力、いつもすごいよな。

「そうだ。入園の前に渡しておくね。はい、ドリーム・チケット」

ハル兄が、まひるを追いながら、キラキラの加工が入ったチケットを出す。

わあっ。今、七色に輝いた!?　すごい。夢のチケットってかんじ。

「あれが、入場門か？」

星夜が指さした先に、一目で目をうばわれるような立派な門があらわれる。四、五メートルはある門にしがみついているクマがおもしろい。

夢クマ――たしか、ドリーム・ワンダーランドのキャラクターなんだっけ。

列に並び、スタッフさんにチケットを確認してもらいながら、おれはまひるにきいた。

「そういえば、ハル兄の運転でぜんぜん話を聞けなかったけど、けっきょくドリーム・ワンダーランドってどんなテーマパークなの？」

「ふふふっ、よくぞ聞いてくれました！　ドリーム・ワンダーランドは、**『みんなの夢』**がテーマなの。最先端の技術を使って、まるで魔法みたいな体験ができるのが売りでね」

「魔法みたいな体験？」

「入ればわかるから。ほら、行こう！」

入ればわかる？　それ、どういう意味――。

「**わっ！**」

中に入った瞬間、驚きで立ちどまる。

ステンドグラスの天井の下に、キラキラ輝くようなヨーロッパ風のお店がずらりと並んでる。

ピカピカのショーウィンドーには、たくさんのおみやげやグッズが飾られ、柱やベンチ、消火栓にまで、夢クマのかざりがおしゃれに入ってる。

「すごい！」

まるで、どこかの夢の国に旅行に来たみたいだ。

ハル兄も、横でうなずく。

「街並みがきれいだ。通路も広いから、星夜も人にぶつからずに移動しやすくて助かるね」

「うん。建物も凝っていて……あの正面に見えるのは、城？」

星夜が、長い通路の先に見えた真っ白な塔を指さす。

上に高く高くのびた、立派なお城だ。高い塔の上には大きなリボン形のかざりがついている。

なぜか、まひるが自慢げに言った。

「そう。あれは、ドリーム・ワンダーランドのシンボル、〈**ドリーム・キャッスル**〉！　広いパークのちょうど真ん中にあるの。きれいでしょ」

「たしかに迫力あるかも。何メートルあるんだろ——って、まひる、耳が生えてる！」

頭の上に、ピンク色のクマ耳がついてる。リボンがついてて、ちょっとまひるっぽい。

「ふふふっ、いいでしょ。ほら、あれ」

まひるが、入り口の近くにある棚を指さす。並んでいるのは、クマ耳付きのカチューシャだ。

棚の前では、カラフルなクマ耳カチューシャをたくさんのお客さんが楽しそうに選んでいる。

「ドリーム・ワンダーランドは、夢クマの国だから、無料でクマのカチューシャがもらえるの。ほら、みんなも選んで。迷ったら、わたしがアドバイスしてあげる。ハル兄は、どれにする？」

「うーん、いろんな色があって迷うね。……あ、これは、どうかな？」

ハル兄が、真っ白なクマ耳のカチューシャをつける。

やさしい白クマみたい。めっちゃ似合ってる！

「おれは、どれにしようかな。茶色、黒……色多すぎ。まひる、アドバイス頼める？」

「もちろん！　う〜ん。ここは、思いっきり目立つ青と黄色のコンビはどう？　元気な朝陽にぴったり。星夜は、あえての茶色は？　今日の服にもぴったりじゃない？」

「ありがとう、まひる。でも、これ……オレも着けるのか？　少し、はずかしいような」

「そんなことないよ。みんな着けてるし。ほら、最初だけでもいいから試してみて。四人で来た記念に、おそろいにしよ？」

「……そう言われると、断れないな」

星夜はくすりと笑うと、クマの耳がついたカチューシャを、そっと耳にかける。

頭についた耳を、ちょいちょいと指で調整すると、立派な星夜クマの完成だ。

「……少し変じゃないか？　朝陽」

「ううん、似合ってる」

いつもより、星夜のやさしいところが出てるし。

ポンッ

「⁉」

足元で突然鳴った音に、星夜が一歩後ろに下がる。

星夜の足を中心にして、星が光ってる？　あ、消えた。

「今、地面が光ってた？　なにこれ！」

「これも、ドリーム・ワンダーランドの魔法！」

まひるが、軽やかにスキップすると、ハートや星が地面にまたたいた。

「すごいでしょ。わたしたちの動きに合わせて光るようになってるの。ここなら、だれでも魔法使い！　他にも、すごいしかけがたくさんあるんだって。ほら、あれも」

道の向こうから、ゆっくりと走ってきたバスの色が、目の前で変わる。

青から赤になった！　車自体がディスプレイでできてる？　それに――。

「運転手がいない！」

「あれは、最新の自動運転バスなの。魔法で動いてるって設定ね。でも、きちんとバス停では停まるからだいじょうぶ。こんなふうに、最新技術をたくさん使ってるの」

まひるが、マップを広げる。

「ここが入ってすぐの〈**シティ・エリア**〉。ここだけでも、めちゃくちゃきれいなんだけど、パークには、他にもすてきなエリアがあるの。ここが、お城のある真ん中の広場で――」

たしかに、卵形のマップの中心に大きなお城の絵がある。

お城のある広場を中心に、左側は〈**ウォーター・エリア**〉、右側は、〈**フォレスト・エリア**〉。

上は〈**スカイ・エリア**〉に、下に〈**シティ・エリア**〉――。

「こんなふうに、ドリーム・ワンダーランドは四つのエリアに分かれてるの。ウォーター・エリアは、水辺。フォレスト・エリアは森、スカイ・エリアは空と雲と、それぞれテーマがあって」

「今、オレたちがいるここ、シティ・エリアは、街並みが魅力ってことか」

星夜が、にぎわう通路を眺めながら言った。

『十個限定、超特大クッキー、完売いたしました～！』

パークの放送を聞いて、ハル兄が言った。

「あ。まひる、このクッキー、買いたがってなかった？」

「そうだった！　すぐに行かなきゃいけなかったのに、このわたしにど忘れさせるドリーム・ワンダーランド、おそるべし！　ううっ、クッキーのことを考えたら、小腹すいてきちゃう～」

「……まひる、少し早くないか？　そういえば今日は、パークのグルメを楽しむために、いつも持ってるグミやアメも置いてきたんだったな。じゃあ、まずはこのエリアのグルメをねらうか」

「あ、おれ、行きたいとこある！　たしか、お店の列の端に……」

あった、ポップコーン屋さん！

「みんな、行こう！」

小さな屋台のような移動式のお店の前の列に、四人でサッと並ぶ。

お店では、サンバイザーをつけた店員さんが、ザクザクとリズムよくポップコーンを準備している。まひるが、ポップコーンの黄金の山に目を輝かせた。

「んん～、ここまでいいにおいがただよってくる！　じつは、ここのポップコーン屋さんは、日や時間によって開いてないときもある、レアなお店なの。出だしからラッキー」

「そうなのか。さすが、まひるはガイドブックを読みこんでるな。ええっと、メニューは……」

「首から下げられる、限定カップもかわいいね。いろんな味があるなあ。ぼくは塩味にしようかな。みんなは何にする？」

「わたしは、キャラメル。ポップコーンとあまい味の組み合わせがいいんだよね。星夜は？」

「オレは、そうだな……しょうゆバター。食べあきなくてよさそうだ。朝陽は決まったか？」

「おれは……えーっと」

あ、もう、おれたちの番だ！

「いらっしゃいませ。ご注文はお決まりですか？」

「はい。塩とキャラメルと、しょうゆバター、それにミルクチョコレートで！」

「**夢野さん!?**」

え？

今の声、ハル兄？　夢野さんって……。

財布を開けたまま目を丸くしたハル兄に、ポップコーン屋さんのお兄さんが明るく笑った。

「若月さん、お久しぶりです。ドリーム・ワンダーランドへ、ようこそ！　ぼくもスタッフも、大歓迎しますよ」

「ぼくも、スタッフも？」

どういう意味？　それに、この人、なんでハル兄のこと……。

あっ！

「ハル兄。この人、まさか」

「ええっと、夢野守さん。ドリーム・ワンダーランドのオーナー――ここを作った人だよ」

「「「**ええー!?**」」」

おれたち三人の声に、夢野さんが照れ笑いを浮かべる。

くせっ毛の茶色い髪に、やさしそうな眉毛。つなぎの制服を着て明るく笑う姿は、ふつうのスタッフのお兄さんにしか見えない。

この人が、パークを作った人？

そんなすごい人が、なんで、ここに!?

「じつは、来園者の人たちに楽しんでもらいたいっていう初心を忘れないように、ときどき、ここでポップコーン屋さんをやってるんだ。来園者の生の声も聞けるし、刺激になるんだよ」

まひるが、ハッとする。

「あ！　だから、ここのポップコーン屋さんは、開いてるときがまちまちなんですね」

「そういうこと。なんだか、限定のお店みたいに思われて、逆に人気が出ちゃってね」

夢野さんが、また照れ笑いした。

「きみたちが、若月さんの家族かな？　来てくれて、うれしいよ。ありがとう」

「えっと、こちらこそ。招待していただいて、ありがとうございます」

「当然だよ。若月さんには、たくさん協力してもらったからね。それに、ぼくの夢は、このパークでたくさんの人を笑顔にすることだから、お礼を言いたいくらいさ。はい、お待たせ！」

トントントントン！

夢野さんが、屋台のカウンターに、四つのポップコーンケースを並べる。

おれたちのポップコーンだ！

「速い、もうできてる！」

「あはは。お客さんは、待たせられないからね。みんな、楽しんでいって。困ったことがあったら、いつでも連絡してね！」

夢野さんの笑顔に見おくられながら、ポップコーンを手に屋台を後にする。

さっそく、ケースについたストラップを首にかけると、ポップコーンの香ばしいかおりとチョコレートのあまいにおいが鼻をくすぐった。

ケースの中に手を入れて、まだほかほかのポップコーンを一つ、つまみあげる。

キラキラした黄金色のポップコーンを、上にかかったチョコソースごと……。

ぱくっ

「ん～、おいしい！」

少し塩気のあるポップコーンと、とろっとあまいチョコソースのコンビが、もう最高！

「あ、このケース、フタの部分にクマの耳がついてる。これも夢クマ仕様？」

「いいでしょ⁉　ふふふっ、これで限定ポップコーンカップ、四つゲット。みんなのも回収して、部屋に並べようっと」

キャラメル味のポップコーンをぱくぱく食べながら、まひるがほくそえむ。

まひる。四つは欲張りすぎじゃない？　おれだって、ペン立てにしたいし。

ちらっと振りかえると、夢野さんはつぎつぎやってくるお客さんに、笑顔でポップコーンを渡しつづけている。じっと見ていたおれと目が合うと、にこっと明るく笑ってくれた。

なんだか、うれしいな。パークのにぎやかな雰囲気に、ますますワクワクしてきた！

「それで、これからどう回るんだっけ。昨日決めた流れを教えてくれる？」

「まかせて。まずは、〈ウォーター・エリア〉！」

まひるは、四人の先頭に立つと、向かって左手へ続く道を指さした。

お店がにぎやかに並んだ街並みの向こうに、キラキラ輝く滝が見えている。

「ウォーター・エリアには、朝陽が絶対に乗りたいって言ってた絶叫アトラクションがあるの。

みんな、挑戦する準備はいい？」

「「「オーケー」」」

望むところ！

ガサッ

「ん？」

今、ベンチのそばで何か動いた？

足を止めて、ベンチの後ろをのぞくと、やっぱり何かが揺れている。

明るい黄色で、丸っこくて、ふさふさした――クマの耳だ。

「うわっ、子グマ⁉」

ガサッ、ガサササッ！

植え込みが揺れた次の瞬間、かげからクマの耳をつけた小さい子が、そっと顔をのぞかせた。

男の子だ。たぶん、まだ四、五歳くらい。

まわりには……だれもいない。大人といっしょじゃないのかな。

「えっと、どうしたの？　きみ――」

「あーさーひー！」

大声に、ハッと顔をあげると、先に行った三人が、道の向こうからこっちを見ていた。

「急に立ちどまって、どうしたの？　予約の時間があるから、もう行っちゃうよ」

「待って！　ええっと――」

あれ、いない。

ベンチのほうに視線を戻すと、男の子は、もう姿を消している。

気のせいだったかな？　それとも、保護者の人が見つけて、連れて行ったのかも。

「朝陽、だいじょうぶ？」「そろそろ行くぞ」

「ごめん、今行く！」

くるりと向きを変えて、手を振るみんなのところに、あわてて走りだす。

せっかくのドリーム・ワンダーランド。おれも、みんなと目いっぱい楽しもう！

6 波乱のウォーターライド

「まひる、急いで。あと五分！」

「ええ〜。でも、あそこに、衣装を借りて写真を撮れるお店があるの！　ほら、入り口に衣装が飾ってあるでしょ？　昨日のプラン作りではあきらめたけど、やっぱりかわいい〜」

自分でプランを立てたのに、迷ってるし！

まひるを引っぱりながら、がんばって進む。

目的地の目印は——大きな水車。

「あ、見えた！」

〈キング・スプラッシュ〉

アトラクションの名前が、水車に大きく彫ってある。すぐ横には、丸太小屋みたいなつくりの入り口があった。

あっ、時間ギリギリ。早く中に入らないと。

星夜が、入り口をくぐって言った。

「まひる、これが、さっき言ってた絶叫アトラクションか？」

「そう！　ドリーム・ワンダーランドには、二十種類のアトラクションがあって、中でも大人気なのが、パークの真ん中にあるジェットコースター、『キング・ドリーム』。そして、今から行くウォーターライド――水上アトラクションの『キング・スプラッシュ』ね」

まひる、スラスラしゃべるなあ。もう専属ガイドになってない？

「どっちも予約がないと長時間並ぶんだけど、ちゃ～んと予約してあるから。スプラッシュは、この後すぐ。ドリームは夜のパレードの後ね。さあ、どんどん行こ！」

まひるに背中を押されて、アトラクションまで続く、ほらあなのような暗い通路に入った瞬間、足元で光っていた模様が、水の波もんに変わる。

すごい。なんだか、しかけのおかげで一気にすずしくなった気分！

途中に川もある。ところどころ飛び石があって……アトラクションのほうへ続いてる？

「ここ、霧が出てる。気持ちいい～」「お母さん、水たまりみたいで楽しいね！」

列に並んでいる人たちが、あちこちのしかけで写真を撮ったり、遊んだりしている。

みんな、楽しそう。待ち時間もあきないようにしてあるんだ。

「『キング・スプラッシュ』、ご予約の方はこちらへどうぞ！」

制服を着たスタッフへ近づき、チケットを見せると、すぐ奥へ案内される。

ガコン、ガコン
柵でかこわれた先にある大きな川に、丸太をくりぬいたようなデザインのゴンドラが、ゆっくりと流れてくる。二人がけの席が二つ並んだ、四人乗りだ。

「これ、おれたちだけで乗っていいの？　前の列と後ろの列、どっちにしよ。迫力があるのは、前？　でも、後ろの、ヒューッて引っぱられるかんじもおもしろいよな」

「わ、わたしは後ろ！　前はドキドキしすぎて耐えられないかも。いい⁉」

「いいよ。じゃあ、ぼくも後ろにしようかな。まひるに付きそうよ」

「……とすると、オレと朝陽は前か。朝陽、それでいいか？」

「オーケー」

後ろも気になるけど、やっぱり前のほうが迫力あるし。ええっと、星夜に続いて……。

「よっと」

乗り場から、そろっと足を伸ばして、ゴンドラに下りたつ。

ハル兄が星夜の後ろに、まひるが、おれの後ろに座る。安全バーを下ろせば、準備完了だ。

「それでは、水の冒険へ、行ってらっしゃ〜い！」

プシューーッ！

スタッフさんがボタンを押した瞬間、機械の音とともに、ボート型のゴンドラが、するっと水の上をすべりはじめる。

出発だ！

ザブン　ザブン

ゴンドラが、暗いほらあなの中を、どんどん前に進んでいく。

そのとき、光がきらめいて、キャラクターの夢クマが、ぱっと暗い壁に浮かびあがった。

『こんにちは。ぼくは、案内人のミズイロぐま！　みんなの旅の案内をするよ』

ガコン！

あ、ゴンドラを巻きあげる機械が見えてきた。このあと、最初の落下かな？

キャー！　ワアッ！

ほらあなの先から、他のゴンドラの悲鳴が聞こえると、さらに胸がドキドキしてくる。

でも、横の星夜は、まっすぐ前を見てる。いつもと同じ、落ちついた表情だ。

「星夜、こわくないの？　ドキドキしたりとか……」

「まあ、少しは緊張するな。でも、安全バーもあるから、こわいってほどじゃない」

「そうなんだ」

さすが星夜。頭のクマ耳を取りわすれてるから、クールなクマってかんじだけど！

後ろのまひるは、安全バーをにぎって、ぎゅっと目をつむってる。

ハル兄は——。

……あれ？　キョロキョロ通路の中を見てる。めずらしいな。

「ハル兄。もしかして、緊張してる？」

「うん、少しね。遊園地やテーマパークに行ったのは、もう何年も前だし、絶叫アトラクションなんて久しぶりだから。無事に帰ってこられるかな？」

「だ、だいじょうぶ。ハル兄の車よりこわいアトラクションって、あんまりないし——」

「わー、お願い。今は集中させて。全力で予習中だから！」

「予習？　そういえば、まひる、なんで目を閉じて……」

もしかして、スキルを使ってる!?

「だって～、やっぱりこわいんだもん！　先がわかれば安心でしょ？　でもね。じつは、このウォーターライドはドリーム・ワンダーランドの特別製で、途中でルートが枝わかれするの。しかも、どのルートになるかは、案内人の夢クマの気分次第で、何度でも楽しめるんだから」

「すご！　あれ、でもそれじゃあ、まひるのスキルで視ても意味ないんじゃ——」

そのとき、ゴンドラが一番上に巻きあげられて、ふっとどうくつの外にすべりだした。

ザブンッ！

「わあっ！」

太陽に目を細めた瞬間、ばしゃあっと水がはねて、水しぶきが顔にかかる。

急に落ちたから、びっくりした。これ、ぜんぜん油断できない！

「それで、まひる。このあと、どうなるの⁉」

「小さな落下か、中くらいの落下か、大きな落下～！」

ぜんぶ落下じゃん！

ザバ———ン！

「わっ！」

さっきより、大きな落下！　しかも、今度は水しぶきが足まで来た！

星夜が、ぽつりと言う。

「油断したタイミングで、ゴンドラが落ちるな。まるでねらってるような……」

「もう星夜、冷静に分析しないで〜。あっ、ここ、ここからまたコースが分かれるの！　たしか、このまま景色を楽しめる外をまわるコースと……」

そのとき、柱のかげにあらわれた夢クマが、キラッと光った。

『みんな、まだまだ元気そうだね。それじゃあ一番スリルたっぷり、恐怖のどうくつコースへ、ぼくが案内してあげる！』

「夢クマちゃんのスパルタ〜！」

ザブンッ！

水の流れが一段と速くなり、先が見えない真っ暗などうくつへ、ゴンドラがつっこんでいく。

と、見えない崖をすべりおちる。

光がほとんどないから、真っ暗な闇を突きすすんでるみたいだ。

「きゃあ〜〜〜！　暗い、何も見えない！　星夜、前、前はどうなってる⁉」

「暗くて、よく見えない……また穴に落ちる⁉」

ザバアアアアンッ！

「ひゃあっ！　朝陽、スキルで、このゴンドラ止めて〜。せめて少しスピードを落として！」

ピタッ

「「「止まった⁉」」」

「朝陽、止めてくれたの？　すごい！」

「え、おれは何もしてないよ。それより、今、どうなって――」

パッ

突然、ほらあなの中で明かりがついて、まわりがはっきり見えた。

いつの間にか、静かな池みたいな場所に来ている。

ゴンドラのすぐ前の岸辺では、二匹の夢クマが、せっせと何かをおしりにつけていた。

何やってるんだろ？　なんだか、ふわふわのものを接着剤でつけてるような――。

あれ、しっぽ⁉

「もしかして、夢クマの真ん丸しっぽって、あとから作ってつけてる⁉」

『大変だ、夢クマの国の秘密を見られたぞー』『捕まえろ～！』

「「「わあっ！」」」

ズサザザザ！

突然、ゴンドラが後ろ向きに流れはじめる。さっきよりはるかに速い、猛スピードだ。

「ええっ、う、後ろに下がってる？　こんな演出まであるの？　夢クマちゃん、助けて！」

ぐいんっ！

「……はあ。ゴンドラは前に向いたな。あいかわらず、すごいスピードだけど」

「そうだね。このまま、どうくつを抜けられるかな？　あ、みんな、見て。出口だよ！」

「**出口!?**」

ばっと前を見ると、たしかに外のあかりが近づいてる。

……ゴンドラを巻きとる、長いケーブルの先だけど。

まひるが、ヒッと息をのんだ。

「こ、ここ、これ、最後のあの、すごい高さからフーッて落ちるやつ！　絶対、絶対そう！」

「まひる。それは、スキルでコースの予習ができないおれでも、わかるって！」

坂をのぼるゴンドラが、だんだんと前にかたむいて、外が見えてくる。

胃が、ぐっと押される。背筋がちぢむ。

もう――落ちる！

「わあ、すごく高い！　外の景色がきれいだね」

ハル兄、そこじゃな〜〜〜い！

グラッ――ヒュ――――ッ

「「ひょあああああああああ！」」

水しぶきを上げながら、ゴンドラが真下に向かって落ちていく。

水面にぶつかる！

バシャアアアッ

あたりに大きな波を起こしながら、ゴンドラが滝をすべりぬけた。

視界が水平に戻って、ほっと息をつく。

「「……終わった」」

水面につっこむと思った……まだ、心臓がドキドキいってる！

まひるが、安全バーに、がっくりともたれながら言った。

「すっっつごく楽しかった！　けど、ま、まさかここまでなんて……ね、星夜」

「そうだな。子どもも楽しめるテーマパークって言ってたから、少し、あまく見てた」

あの星夜にそこまで言わせるなんて。おそるべし、ドリーム・ワンダーランド！

出口につくと、安全バーが外れる。ゴンドラから降りたおれたちに、スタッフさんが言った。

「こちらで、落下中の決定的瞬間を撮影した記念写真を購入できますよー」

「すみません。一枚ください」

ハル兄、買うんだ。そういえば、いったい、ハル兄はどんな顔してたんだろ――。

「ほら、みんな、見て。すごくいい写真だよ」

「「「え？」」」

写真をのぞきこんだおれたちは、三人とも、ぎょっと目を丸くした。

「おれ、めちゃくちゃ顔に力入ってる！」

「わたし、髪の毛が前に来てて、お化けみたい⁉」

「耳、外しわすれてた……」

（（しかも、ハル兄ににこにこ笑顔だし！））

もしかして、ハル兄に、こわいものってない⁉

ちらっと見上げたおれに、ハル兄は写真と同じように笑いかけた。

「すごく楽しかったね。それじゃあ、次はいよいよだよ。行こう――お化け屋敷へ」

7 逃げられないお化け屋敷!?

「ええっと、ここ?」

おれは、目の前に建つ、古ぼけた建物を見上げた。

やってきたのは、広場をはさんで反対側にある、〈フォレスト・エリア〉。

魔法の森をイメージしたエリアで、建物の雰囲気も、レンガづくりの少し古めかしいデザインで統一されている。

そのなかでも、目の前の洋風のお化け屋敷は、ひときわ目立っている。

三角の大きな屋根は、今にも落ちてきそうにはりだして、壁はツタだらけだ。

おれは、ユーレイはぜんぜん信じてないけど……なんか、不気味!

「これが、ハル兄が手伝ったお化け屋敷?」

「そうだよ。英語で言うと、ホーンテッドハウスだね。この中で使われている技術をいっしょに開発したんだ。どんな技術かというと――」

「ハル兄、ストップ！　ネタバレは、ぜんぶ楽しんでからで」

お化け屋敷の内容を先に聞いたら、もったいないから。

四人で、うす暗い建物の中に入ると、通路のライトがチカチカ光って、ますます不安になる。

まひるが、スタッフさんにチケットを見せながら言った。

「でも、ハル兄。だいじょうぶ？　ハル兄は、このお化け屋敷がどんなものか知ってるんだよね。わたしたちはいいけど、ハル兄は楽しめないんじゃない？」

「そんなことないよ。最終的にどんな演出にしたかは、ぼくも聞いてないから、どう仕上がってるのか楽しみなんだ。みんなも驚いてくれたらいいなあ……星夜、どうかしたの？」

「いや、オレは期待に応えられないかもと思って。おどかしてくるお化けも、人だから……」

あ、そっか。

星夜は、おどかしてくる人の心の声が聞けちゃうから、こわくなくなるんだっけ。

ハル兄も、あっと口を開けた。

「そうだったね……でも、だいじょうぶ。きっと星夜も、心底びっくりするんじゃないかな」

「えっ、星夜が!?」

ギイイ……

木がきしむ音とともに、目の前のボロボロのドアが開く。

ドアの向こうから、ローブで顔をかくしたあやしいおばあさんが、そっと顔を見せた。

「さあ……中へ、どうぞ……」

す、すでにコワい！

……ごくりっ
おそるおそる、みんなでドアの向こうに入る。

そこは、長い通路だ。床には、くすんだ小さなタイルがしきつめられていて、ボロボロの壁が続いている。

「……まさか、この呪われたお屋敷に、お客様がいらっしゃるとはのう……」

突然、おばあさんがしわがれた声で言った。

「この屋敷には、とんでもない悪霊がとりついておる。中に入ったが最後、生きて出られた者は一人もおらん。みんな、悪霊に捕まって、ここから出られなくなってしまうんじゃ」

みんな、悪霊に……あれ？

「そんなに人が捕まっちゃったら、この中はもうぎゅうぎゅうになってるんじゃない？」

（くっ……朝陽、そこはつっこんじゃだめだろ？）

（うわっ。星夜、びっくりした。でも、人でぎゅうぎゅうなら、見てまわれないし）

（もー、せっかくのコワい雰囲気が台無し！　しっかりおばあさんの話を聞かなきゃ——）

「だいじょうぶじゃよ。その理由はすぐにわかるからのう」

「え？」

……ギュッ
しわしわのおばあさんの手が、おれに冷たい何かをにぎらせる。

——金属製のランプだ。

頼りないあかりが、手元でチラチラ揺れた。

「このランプを持っていきなさい。これが、屋敷の一番奥にある出口へと案内してくれる……でも、これがもし消えたときは」

「消えたときは？」

——フッ
えっ。

突然、手に持っていたランプが消える。もう何も見えない。真っ暗だ。

「きゃあっ。朝陽、早く、ランプ点けて点けて！」

「えっ、ちょっと待って！」

あ、ランプの上につまみがある。これ？

カチッ　――パッ

つまみ式のスイッチを入れた瞬間、ランプにあかりが戻る。

「よかった。明るくなった――って、おばあさんがいない!?」

さっきまで、おれの目の前にいたのに！

『せめて……おぬしたちは……………助かるんじゃぞ……』

どこからか、さっきのおばあさんの声が聞こえてくる。

……まさか、あのおばあさんはユーレイ？　悪霊に捕まったらユーレイにされるってこと!?

（……っていう設定みたいだな）

星夜が、心の中で会話しながら、すっとおれの横の壁を指さした。

（この壁が開くようになってる。ランプの光が消えたと同時に、おばあさん役のスタッフはそこから出ていったんだな。壁がボロボロなのも、ドアのつぎ目が目立たないようにするためだ）

（ええっ！）

おれとまひるは、壁に飛びついて、じっと観察する。

ランプのあかりだけじゃ、暗くてぜんぜんわからない。本当に、ここから!?

（わたし、本当に消えたかと思ったよ。も〜。星夜、ネタバレ禁止！　せっかくのハラハラが台無しでしょ？　お化け屋敷は、ドキドキを楽しむために来てるんだから）

（うっ……そうだな。気をつける）

「朝陽、まひる、星夜。とりあえず、先に進もうか」

ハル兄の声に、おれたちは気を取りなおして、長い通路を歩きだす。

先頭は、ランプを持った、おれ。すぐ後ろにまひる、星夜、ハル兄の順番だ。

キユッ　キユッ
一歩進むたび、足元でスニーカーが音を立て、正面のドアが、少しずつ近づいてきてる。

でも、ドアには赤い手形がたくさんついていて、見るからに不気味だ。

「本当に、こっちでいいのかな。でも、他に道はないし……」

星夜のせいで、ちょっと気が抜けたけど、やっぱり、それでもこわい。

ボロボロの建物の、いやな雰囲気のせい？

ちらっと後ろを見ると、ハル兄は、にこにこしながらついてきてる。

ハル兄、楽しそう。星夜もすずしい顔をしてる。でも、まひるは――。

あれ、まひる、ちょっと遅れてない？　しかも、目閉じてるし。

「……もしかして、また、スキル使ってる？」

「ぎくっ！　だ、だって～。スキルでしかけを予習すればコワくないし、お化け屋敷をあわてずに通りぬけられたら、ちょっとカッコよく見えるかなって……」

またやってる！　もしかして、いつもこんなちょっとしたことでスキル使ってない？

「まひる、ズルはだめだろ？　ドキドキを楽しみに来たんじゃなかったのか？」

「ええ～。でも、もうコワいんだもん。す、少しは安心できるポイントがないと！」

「つくりものだとわかってても、人はこわいと感じるからね。体の反応は止められないし――」

「でしょでしょ？　さすが、ハル兄。話がわかるなあ」

あーもう！

「みんな、ちゃんと、お化けに集中してー！」

――フッ

「「「**え？**」」」

ランプが消えた！

あわててまたつまみをひねる。

でも、ぜんぜんあかりがつく気配はない。暗闇の中、カチカチとスイッチの音だけが響く。

「朝陽、早く！　真っ暗じゃ、ぜんぜん進めない！」

「ちょっと待って！　何回やっても、つかなくて……」

パッ！

ついた！

ほっとしながら、ランプをそうっと持ちあげる。

「よかった。みんな、これで見える？」

「あ、朝陽、前……」

まひるの震えた声で、おれは前にランプを向ける。

目の前まで来ていた、ドアが開いてる。いや、それより。

……この、ランプのあかりに照らされてる、真っ赤なシャツは？

ランプといっしょに、そうっと顔を上げる。

——おれをすっぽり覆えそうな、大男。

シャツは、真っ赤に血にぬれて、液体が下にしたたっている。

ボサボサに乱れた髪の毛の下からのぞいた、ギロッとしたひとみと——。

目が、合った。

「侵入者は、おまえらか～～～～～～！」

「「で、出た～～～～～～～！」」

バタバタバタ！

今来た通路を走って戻り、少し先にあったドアが突然開くのを見て、あわてて飛びこむ。

「まひる、あそこであの人が出てくるって、視てたんじゃないの!?」

「視てた！　視てたけど、あんな演技されたら、こわいに決まってるじゃない！　朝陽だって、いつあるかわかってても、やっぱりテストはこわいでしょ!?」

それはそうだけど！

飛びこんだ先は、ドアがずらっと並んだ通路だ。

「さっきの大男、追ってくるよね!?　捕まらないように早く逃げないと！」

「でも、朝陽、どのドアも開かないの！　あっ、これ開いた！」

ガチャッ！

部屋の中に踏みこむ前に、開いたドアの向こうから大きな体がぬっと出てくる。

「追いついたぞ～～～～！」

「「わ————————！」」

また通路での追いかけっこが始まる。星夜が、走りながらも落ちついて言った。

「追いつくために、中の近道を抜けてきたみたいだ。オレたちが驚いて喜んでた」

そんなネタバレ、今聞かされてもさあ！

大男が、ズシンズシンと音を立てながら、近づいてくる。

でも、スピードは遅い！　これなら、逃げきれる——。

「あれ？」

——走ってるのに、少しも景色が変わらない。

信じられない気持ちで、まわりを見まわす。

ボロボロの壁も、星夜やまひるも、ハル兄も、走りながら、みんなずっと同じ位置にいる。

前に進んでない——。

えっ、えっ、えっ。

「え————!?」

まひると星夜も、走りながら足元を見て、ぎょっとした。

「**なんで!?　全速力なのに、一ミリも前に進まない！**」

「なんでだ？　……もしかして、この床の小さなタイルが⁉　あっ、ハル兄！」

「みんな、気づいた？　じつは、この床のタイルには特別なしかけがあってね。一つひとつが乗っている人の動きに合わせて自動で動くんだ。そのおかげで――」

ハル兄が、ジョギングしながらにっこり笑った。

「どれだけ走っても足がすべって前に進めない。おばけから逃げられないようになってるんだ」

「「「**ええ～～～⁉**」」」

ずるい！　ここのオバケ、最先端すぎない⁉

「あ。じゃあ、ジャンプすれば!?」

えいっ、しょっ！　――トンッ
……ダメだ。やっぱり前に進まない。たったの一ミリも！

「おれ、今、軽く二メートルは跳ぶつもりでジャンプしたのに！」

「それも、同じ仕組みだね。ジャンプさせないように、タイルがさらに大きく動いて、足をすべらせるんだよ。あ、大男が来た！」

「わああっ！」

大男の手が、もう目前まで迫る。

逃げられないって、めっちゃこわい！

「も、もう捕まる！」

ズザザザザッ！

「「わあああっ」」

今度は、前にすべりだした!?

しゃがんだ瞬間、床のタイルが動いて、ベルトコンベアーに乗ったみたいに体が勝手に進む。

タイルに運ばれながら、ハル兄が上機嫌で言った。

「タイルの動きを変えれば、上に乗ったものを移動させることもできるんだ。すごいでしょ？」

「わかった！　もうハル兄がすごいって、わかったって！　それよりこれ、止まらないの!?」

「……たしかに、便利だな。空港や街中でもいろんな使い道がありそうな気が――」

「星夜、こわい気持ちをごまかそうとしてない!?　それよりみんな、前、前、まえ〜〜〜！」

まひるの声にハッと前を見ると、不気味なドアが、ものすごい勢いで迫ってきている。

ボロボロのドアに書いてある赤文字は――〈**この部屋に入るな！**〉。

「あ――――、これ絶対ダメだって！」

バターン！

中に飛びこんだ瞬間、すうっと冷たい空気が触れる。

「さむっ！　しかも、霧でまわりが何も見えない!?」

「……いや、あそこだ！」

星夜が指さした真っ白い霧の中に、人の顔が浮かんでは消えていく。

ぜんぶ、苦しそうだったり、怒ったりした、こわい顔だ。

近づいてきた顔に、まひるが、悲鳴をあげる。

「ひゃあ〜〜〜！　これ、さっきのおばあさんの顔じゃない!?　もしかして、ここ」

「「「屋敷に閉じこめられたユーレイの部屋!?」」」

叫んだ瞬間、霧を破って、斧を持った大男が目の前にあらわれた。

「ここが、貴様らの墓場だ～～～！」

「わあああっ！」

このままじゃ、おれたちもユーレイにされる！

とっさに、横に開いていたドアにかけこむと、地面を踏みこむ感覚が足に戻る。

走れてる。あの逃げられない床から出られたんだ！

「みんな、早く。こっち！」

バタバタバタバタバタ！

不気味な屋敷の中を、全速力でひた走る。息をぐっと止めて迷路のような通路を走りぬけ、何個目かのドアを開けたとき、外のあかりが見えた。

「出口だ！」

大あわてで出口を抜けると、突然明るい日差しが降りそそぐ。

外だ——明るい。あれ、おれ、なんで一生懸命、走ってたんだっけ。

大男に追いかけられてたのが、なんだか夢みたいな……いや、夢じゃない！

「どうだったかな。みんな、楽しんでもらえた？」

「……すごかった」

言葉にできないくらい、すごかった。それくらいこわかった！

まひるも、ガラガラの声で言った。

「ざ、ざげびずぎだ……でも、すごいすごい。ここまでドキドキしたお化け屋敷って初めて！」

ハル兄、ホントにすごいね。こわすぎて、もう一回行きたくなっちゃった。ね、星夜！」

「オレも驚いた。人のしかけでここまで驚いたのは、生まれて初めてかも」

「本当？　それはうれしいな」

ハル兄が、少し誇らしそうに、おれにほほ笑む。

なんだか、おれたちまでうれしい。

いつもいっしょにいるハル兄は、おれたちが思ってる以上にすごい。

ほんとのほんとに、すごいんだ！

まひるが、元気にこぶしをつきあげた。

「じゃあ、次に行こうっ。そうだ、ミニゲームに行かない？　気分転換にぴったりでしょ」

「賛成！　ちょっと体動かしてスッキリしたいし――」

ん？

ぐっと背伸びして、後ろを振りむいたとき、お化け屋敷の柱のかげに何かがかくれる。

小さなクマの耳。不安そうに揺れる、つぶらなひとみと目が合う。

「あ」

あの子――ここに来てすぐ会った子だ！

バッ！

男の子が逃げるように走りだす。けれど、急ぎすぎたのか、小さなつまさきが地面に引っかかった。

「**あぶない！**」

走りだしながら、大きく開いた目で、前に倒れる男の子の体を見つめる。

前から少しだけ――体を支えるみたいに！

ぐっ、と視線に力をこめると、地面に倒れこむ男の子の上半身が、一瞬止まる。

今！

ザザッとすべりながら、おれは男の子が倒れるギリギリのところでキャッチした。

ふーっ。なんとか間に合った。こういうとき、おれのスキルは役に立つんだよな。

「あれ？　ぼく、いま、ころんだとおもったのに……」

「あー、えっと、じ、地面が動いたのかも。ほら、ここは、ドリーム・ワンダーランドだから」

（……朝陽）

頭に響いた声に振りむくと、星夜が、何か言いたそうな顔をしてる。

うっ、バレてる。でも、おれが驚かせてケガさせたら、さすがに悪いし。

「はあ……」

（……とっさにそう動けるなんて、朝陽は本当にすごいよな）

（え？　何か言った？）

星夜は、おれの質問にそっとほほ笑むと、すぐに男の子のそばにひざをついた。

「だいじょうぶ？　ケガはないかな。いっしょに来た人はどこ？」

「おれ、シティ・エリアで、この子と一度会ったんだ。そのときも、保護者の人はいなくて」

「…………」

男の子が、不安そうな顔で、おれの服をキュッとつかむ。でも、何も言わない。

ええっと……小さい子が一人で歩いてて、まわりに保護者も知り合いもいなくて。

「もしかして、迷子？」

8 迷子のハートをねらいうち？

「確認してまいりますので、少々お待ちください」

ハル兄と話していたスタッフさんが、インフォメーションセンターのほうへ歩いていくと、男の子は、やっと、おれの足の間からひょっこり顔を出した。

本当はスタッフさんに預けるはずだったけど、男の子は何もしゃべらないし、おれからもはなれない。それで、けっきょく、もう少しおれたちがそばについていることになった。

男の子は、立ちさるスタッフさんを、おびえた顔で、じっと見ている。

すごくおとなしい子なのかな。それか、人見知りとか……。

（朝陽、少しいいか？）

正面に立った星夜の声が、おれの頭に響く。

なんで心の声で――あ、この子に聞かせたくない話ってことか。

（保護者を見つけるために、この子の心を読んでみた。でも……あまり情報は得られなかった）

（えっ、なんで？　もしかして、迷子になったことを気にしてないとか？）

（そうじゃないんだが……この子自身も混乱しているみたいで。そもそも、小さい子どもは、まだ自分の気持ちをうまく言葉にできないから、オレも心を読みにくいんだ）

そっか。たしかに、何歳かわからないけど、まだ小さいもんな。

（でも、とにかく、不安がってるみたいだ。あと……父親のことを考えてた。『パパ、おこってるかな』『パパのためにがんばらなきゃ』とか。切れ切れだけど）

じゃあ、この子はお父さんといっしょに来たってこと？

よく見ると、男の子の目がうるんでる。今にも涙がこぼれそうだ。

うわっ、どうしよう。なんて声をかけたらいいんだっけ!?

そのとき、ハル兄が、さっとしゃがんで、男の子の顔をのぞきこんだ。

「だいじょうぶ。保護者の人は、すぐ見つかるからね。それまで、ぼくたちと待っていようか」

「……いいの？」

男の子が顔を上げると、まひるも横から笑顔を向けた。

「もちろん。せっかくだから、わたしたちと遊ぼうか。ほら、あそこにミニゲームがあるよ」

「……うん」

男の子が、まひるとハル兄と手をつないで、ゲームコーナーに歩きだす。

ほっ、よかった。せっかくのテーマパークで泣かせたら、かわいそすぎるよな。

もしかしたら、ハル兄が話してた、昔、迷子になったときのおれも、あんな感じだったりして。

それにしても、ハル兄もまひるも慣れてるような……あ、まさか、過去のおれで練習ずみ⁉


「ふっ……そうかもな」


となりにいた星夜が、小さく吹きだす。

それはもちろん、星夜が、家族の中で一番、おれの面倒を見てるけど！

って、星夜、また勝手におれの心読んでなかった⁉


「朝陽、星夜、二人もこっちー」

「今行く！」


まひるの声を追いかけていくと、小さな建物が見えてくる。

看板には、〈**ドリーム・カーニバル・ゲーム**〉の文字。屋根の下にずらっとぶら下がっているのは、まるで絵の中から出てきたような、ふわふわの夢クマたちだ。

あのぬいぐるみ、大きいな。しかも、すごくやわらかそう。

ハル兄も、感心しながら言った。

「かわいいクマだね。まひるのねらいは、あれ？」

「そう。首のリボンがオーロラ色でね、ここでしか手に入らないの。手触りも、ふわふわもちもち。あ〜、今すぐ触りたい！」

もう目がハートになってない？　もしかして、自分のためにここに来たんじゃ……。

「わあぁ……」

男の子も、まひるといっしょに、天井に並んだクマを見上げて目を輝かせてる。

ま、ちょっと元気になってくれたなら、いっか。

「いらっしゃいませ。ゲームをご希望ですか？　よろしければ、ルールを説明しますよ」

スタッフさんが、カウンターの奥に並んだ、カップでできたピラミッドを指さす。

逆さまに積みあげられたカップでできた三段のピラミッドは、一番下の段が三つ、二段目が二つ、一番上は一つのカップでできていた。

「カウンターの外から三個のボールを投げて、このピラミッドを倒してください。六つのカップのうち、二つ倒すと小さな夢クマ。ぜんぶ倒すと大きな夢クマがもらえますよ」

……なるほど。簡単そうに見えるけど、意外と手ごわいかも。

カウンターからカップまで五メートルはあるし、ボールも小さいから、ねらいがずれたら、かすりもしなそう。

「すみません。一プレイ、お願いします！」

まひるが、すぐにお金を渡してボールをもらう。目がめらめら燃えて、やる気じゅうぶんだ。

「まひる、だいじょうぶ？　三個のボールで六個のカップを倒すって、けっこうむずかしくない？　それに、まひるは運動ニガテだし」

「ま・か・せ・て。この日のために、毎日寝る前にイメージトレーニングしてきたの。一番下の段の真ん中から少し左に当てれば、一回でぜんぶのカップを倒せる――まあ、見てて！」

まひるが、自信たっぷりにボールを振りかぶる。

たしかに、いつもよりサマになってる。今日は行けるかも!?

「まずは、一投目！」

ビュンッ　……トントントントン
「「「……」」」

「い、今のは肩ならし。今度こそ、本気の二投目！」

シュッ！　……トントントントン
「「「…………」」」

「待って、まだあと一個あるから！　ええい、これで最後！」

ブウンッ！　……トントントン

「「「…………………」」」

……カップに、かすってもないけど。

おれたちのほうを涙目で振りむいたまひるに、ハル兄がおずおずと言った。

「えっと……まひる、よくがんばったね。きれいな放物線だったよ」

「ええぇん、ハル兄ありがと！　でも、こんなはずじゃなかったのに。星夜、お願い。もう一回分、お金を出すから、わたしのかわりに投げて！」

「オレが？　……まぁ、成功するかはわからないけど」

星夜は、ボールを一つつかむと、手の上で転がしてから、カップのピラミッドを見つめた。

ボールの重みを確かめて、距離を測ってるのかな。たぶん、星夜なら——。

——**シュッ　バンッ！**

きれいな横投げで投げられたボールは、まっすぐに飛び、ピラミッドの右真ん中に直撃する。

二段目と三段目のカップが一つずつ弾けとび、バランスをくずした一番上のカップも下に落ちた。

「すごい……」

男の子が小さな歓声をあげる。まひるは、その場で跳びあがった。

「やった、これで小さな夢クマちゃんはゲット。星夜、ありがとう！」

「どういたしまして。ぜんぶ倒したかったけど、少し右にずれたな。次は、どうする？」

「わたしはパス。永遠にカップに当たらなそうだもん。朝陽、やっていいよ」

「ほんと？　ラッキー」

ええっと、ボールはあと二個、的のカップは残り三個か。

残った小さなピラミッドの真ん中に当てる？　ねらいがずれたら、二個目で調整して……。

ボールをにぎった手を見下ろすと、さっきの男の子と目が合う。

そういえば、さっき、投げる星夜をキラキラした目で見てたっけ……そうだ。

「一個、投げてみる？」

「え！　でも……ぼく、あてられないよ。おおきなくまさん、とれなくなるかも……」

まひるが、すかさず言った。

「いいの、いいの。こういうのは、みんなでやったほうが楽しいから。ね！」

「……じゃ、じゃあ！」

力強くうなずいた男の子にボールを渡して、体を持ちあげてあげる。

ええっと、ピラミッドをねらいやすい高さは……これくらい。

よし！

「がんばって！」

「いくよー、えいっ！」

ポーンッ
男の子が投げたボールが、高く上がる。

よく飛んでる！　あ、でもこのコースじゃ、ギリギリ当たらない？

スキルで、少しずらすことはできるけど——ダメだ、がまんがまん！

……トントントン
ボールが、ピラミッドすれすれを通って地面に落ちると、男の子が肩を落とした。

「……ごめんなさい」

うっ、心が痛む！　でも、おれがスキルを使ったら、ズルになるしなあ。

「すごくいいコースだったよ！」「ああ、本当にもう少しだった」「二人とも、がんばったね」

まひると星夜とハル兄が、すぐにはげます。

よし、次はおれの番！

「まかせて。おれが、ぜんぶ倒すから」

男の子を地面に下ろすと、最後のボールをつかんでカップに向きあう。残りは三つのカップでできた、小さなピラミッドだ。

ねらうのは、三つのカップのど真ん中。

星夜と、この子のボールを参考にして……。

あとは、思いきり！

グッ
腕を後ろに引いて、上から大きく、しなるように投げる。手からボールがはなれる。

こういうのはスキルがなくても——大得意！

バアァン！

ピラミッドのど真ん中に直撃したボールが、すべてのカップをなぎたおす。

よっしゃ。ねらいどおり！

「わっ、見た？　一発で三つも倒してるよ」「軽々投げてたよね？　すごい！」

うわっ、いつの間にか、お客さんが集まってる。ちょっとはずかしいかも。

「すごいね、朝陽。おめでとう」「さすがだったな。きれいに真ん中を打ちぬいてた」

「おめでとうございます。こちら、景品のぬいぐるみです！」

「朝陽、ありがとう～。念願の巨大夢クマちゃん！　おうちに帰ったら、大切に大切にブラッシングしてあげるからね」

まひる、めちゃくちゃ喜んでる。これなら、やったかいがあったかも？

「……あ、そうだ、朝陽。これ、お願いできる？」

「え？」

驚くおれの目の前に、まひるは、大きなクマをぬっと近づけると、まるでクマがしゃべってるみたいに、ごにょごにょとささやいてくる。

……まひるは、やっぱやさしいとこあるよな。

おれは、さっとしゃがんで、大きなクマのぬいぐるみを、男の子にさしだした。

「**これ、あげる。いっしょにがんばってくれたお礼**」

「え、でも……」

不安そうな男の子の手に、そっとぬいぐるみをにぎらせる。

だいじょうぶ、って気持ちを込めて笑うと、男の子が、ぎゅっとぬいぐるみを抱いた。

「……りく」

え？

驚いたおれを、男の子は、正面からまっすぐ見ていた。

「ぼく、りくっていうんだ……おにいちゃん」

名前、教えてくれた！

「ありがと、りくくん。おれは朝陽、あっちは、まひると星夜と、ハル兄。お父さんのところへは、おれたちが絶対連れていってあげるから。迷子になって、不安だろうけど――」

「ちがうよ。ぼく、まいごじゃないんだ！」

「どういうこと？」

まひるが首をかしげると、りくくんは、ぬいぐるみを抱きしめながら、うつむいた。

「ぼくは、このパークをまもろうとしてたの。ここは、パパのだいじなパークだから」

「パパの大事なパーク？」

そのとき、星夜がハッと、おれを振りむいた。

(――やっと読めた!　朝陽、この子の父親は)

「キャ――――!」

悲鳴?　アトラクションの――ちがう。

これは、本物の悲鳴だ!

「ハル兄、この子をお願い!」

りくんをハル兄にあずけて、声がしたほうへ走る。

ドキドキする。ドリーム・ワンダーランドに似合わない……いやな感じ!

建物の角を曲がると、シティ・エリアとフォレスト・エリアをつなぐ坂道を、自動運転のバスが下ってきている。

でも、様子が変だ。乗っている人はみんな、パニックになっている。

しかもバスは、止まるはずのバス停を、そのままの速度で通りすぎた。

「なんで!?　運転手がいなくても、止まるはずなのに」

「……すでに、二つのバス停を通りすぎてる!」

星夜が、バスを見ながら叫んだ。

「乗客の心を読んだ。さっきからバスが止まらなくなってる。バスの……暴走だ!」

9 止(と)まらないバス！

ゴオオッ

バスが加速(かそく)しながら、坂(さか)を下(くだ)っておれたちのほうへ向(む)かってくる。

バスの進路(しんろ)は、まっすぐだ。

このままだと——正面(しょうめん)にあるインフォメーションセンターに衝突(しょうとつ)する。

なんとか、止(と)めないと！

ええっと、ブレーキ——だめだ。

ブレーキが足元(あしもと)にあるのは知(し)ってるけど、どれかわからないから、スキルでも操作(そうさ)できない！

「あぶない！　みんな、わきによけて」「こっちに来(く)るぞ！」

たくさんの人(ひと)が、悲鳴(ひめい)をあげて遠(とお)ざかるなか、後(うし)ろにいたまひるとハル兄(にい)を振(ふ)りかえった。

「まひる！　インフォメーションセンターの前(まえ)にある分(わ)かれ道(みち)の先(さき)は、何(なに)がある？」

「え！　ええっと、右(みぎ)は、パークの中心(ちゅうしん)にある広場(ひろば)につながってるよ。左(ひだり)は、さっきわたしたちが通ってきた道だから、少し上り坂で――」

「ハル兄。車は角を曲がるときにハンドルを回すよね。あれって自転車と同じ方に回す!?」

「仕組みは違うけど、回す方向は同じだよ。右に回せば右に、左に回せば左に曲がる――」

じゃあ、決まり!

バスのフロントガラスごしに、わずかに見えるハンドルをにらむ。

背中を、ぞわっと不思議な感覚が走る。

「**曲がれ!**」

……ぐっ
思ったよりハンドルが軽く回って、あわてて少しスキルの力を抜く。

バスが大きく揺れないように最初は少しだけ。そして、バスの動きを見て、もう少し強くハンドルを回す。

「わあっ。車が、左に曲がってるぞ!」「これも、故障!?」

バスに乗っていた人たちが驚くなか、インフォメーションセンターにつっこもうとしていたバスが、少しずつ左に向きを変え、なんとか衝突をまぬがれる。

よし。まずは、オーケー。あとは、ここからの上り坂で速度が落ちたところをねらって――。

道路の縁石にタイヤをこすらせて、バスを止める！

ぐっ……　**ギギギッ**

ハンドルをさらに左に回して、通路と植え込みのさかい目にある石にバスのタイヤを当てる。

タイヤがいやな音をさせながらきしみ、だんだんとバスの速度が落ちていく。

「いい感じ！　でも」

ハンドルの操作、むっず！　集中力が、めっちゃ削られる。

だけど、もうバスの勢いはだいぶ落ちてる。

「あと、ちょっと……っ」

「**朝陽、前！**」

えっ!?

星夜の声で、バスの前に目を向けると、小さい子を連れた家族が見えた。

小さい子がこけて、逃げおくれたんだ。**このままだと、あの人たちにバスがつっこむ!?**

どうしよう！

「でも、急ハンドルを切ったら、バスが危ないし――」

「このスピードなら……朝陽、この子を頼むよ！」

りくんからはなれた人影が、おれの横をすり抜け、バス目がけて走っていく。

「――ハル兄!?」

いったい、どうするの!?

ハル兄は全速力でバスの側面に近づくと、タイミングをみはからって、運転席の横の、大きく開いた乗車口に飛びつく。無駄のない、すばやい動きだ。

驚くみんなが見る前で、ハル兄は運転席にすべりこみ、全力でブレーキを踏んだ。

ダンッ!

頼む──止まれ！

ギイイイイイッ……ギイッ

タイヤが大きな音を立ててきしむと、バスは少しずつ速度を落として、看板の前で止まった。

「………ふーっ」

と、止まった。

わあっ！

「よかったあ」「お兄さん、すごい！」

あたりから、自然と拍手が起こる。

バスに乗っていたお客さんたちも、わっとハル兄にかけよった。

「お兄さん、ありがとう」「もうダメかと思って……本当に助かりました！」

「いえ、だいぶ速度が落ちていたので。おケガがなければ、よかったです」

うわっ。ハル兄、スマホで写真や動画も撮られてる。だいじょうぶかな。

「みなさん、はなれてください」「こちら、いったん封鎖します！」

あわててやってきたスタッフに追われて、集まっていたお客さんたちも散っていく。

「今の危なかったね。止まってよかった！」「でも、なんだったんだろう。車の故障？」

……たしかに、なんだったんだろう。

車が故障することも、あるのかな。パークは広いから、トラブルもあるだろうけど……。

「朝陽、まひる、星夜」

お礼を言うお客さんから解放されたハル兄が、走って戻ってくる。

はあ、ハル兄がいてよかった。あ、でも、さっき飛びのったとき、ケガとかしてない!?

「ハル兄、だいじょうぶ？　なんともない？」

「だいじょうぶだよ。バスもほとんど止まるところだったからね。……ありがとう、朝陽」

ぎくっ
ハル兄のすずしげな視線に、肩が跳ねあがる。

これ、スキルを使ったって気づいてるよね？

もしかして、約束を破ったことになる!?

助けを求めるように、まひると星夜を見ると、二人がさっと目をそらす。

(わ、わたしは、ガイドブックで知ってたことを朝陽に教えただけ！　スキル、使ってないし)

(オレも、乗っていた人の心を読んだだけだから……)

えーっ、二人とも、ズルくない!?

「ええっと、ハル兄。悪いことには使ってないし、おれ自身は危ないことはしてないし――」

プルルルル

突然、鳴った電話の音に、おれたちがビクッとする。

だれの？　……あ、ハル兄のスマホだ。

「ちょっと待ってね。……はい、若月です。どうかしましたか？　え？　はい……」

助かった！

(まひる、星夜。あとでまたハル兄につっこまれたら、おれのことフォローして。おれがバスを動かすのに、二人も協力したんだから)

(はいはい。ま、今回は緊急事態だもんね)

(さすがにハル兄も、何も言わないんじゃないか？　だいたい、朝陽のさっきの運転のほうが、ハル兄のいつもの運転より安全そうだったし――)

「三人とも、ちょっといいかな？」

「え!?」

驚くおれたちの前で、ハル兄が、電話中のスマホをスピーカーに切りかえる。

急に、どうしたんだろ。電話の相手、おれたちの知ってる人ってこと？

『陸、そこにいるのか？』

「パパ！」

電話から声がした瞬間、りくくんが、スマホを持ったハル兄の腕に飛びついた。

『陸！　よかった、見つかって。勝手に一人でいなくなっちゃダメだって、言っただろう？　スタッフの人たちにも協力してもらって、ずっと陸をさがしてたんだぞ』

「……ごめんなさい」

この声……もしかして、さっき話したオーナーの夢野さん？

「それに、りくくんが『パパ』って……」

そのとき、星夜が、おれの肩に手をおいた。すぐに、心の声が聞こえてくる。

（その通りだ。この子の名前は、夢野陸。このパークのオーナーの夢野さんの、子どもだ）

「ええ――――!?」

10 みんなの夢のレストラン

おれたちは、バスのアクシデントのあと、予約していたレストランに急いで向かった。

シティ・エリアの中にある、その名も〈クマの魔法のごちそう〉だ。

シャンデリアが下がった豪華なレストランの中は、たくさんの人でにぎわっている。

陸くんは、おれのとなりの席に座ってる。

突然のバスのトラブルで、夢野さんがすぐには迎えに来られなくなったから、レストランで、いっしょにお昼を食べることになったんだ。

「これ、たべていいの!?」

陸くんが、目の前にやってきたお子様ランチに歓声をあげた。

クマの顔の形をしたお皿。左耳にゼリー、右耳にスープ。

そして、顔の部分には大きなハンバーグに、旗が立ったオムライスがのってる。

おいしそう。でも、おれたちの頼んだメニューもすごい!

「あ、来た！」

まひるの声を合図に、店員さんが、つぎつぎにお皿を運んでくる。

クマの顔の形をした、あつあつの特大ピザ！

たっぷりチーズのピザに、きのこがもりだくさんのピザ、はちみつがかかったデザートピザまである。

頼んだ料理がぜんぶ並ぶと、ハル兄が、明るく言った。

「それじゃあ、食べようか」

「「「**いただきまーす！**」」」

おれは、このマヨじゃがピザから！

具材がたくさんのってるのは……クマの耳の部分だ。

右耳の丸いカットをつまんで、ふーふーしながら……、

ぱくっ

「んっ、おいしい！」

ベーコンは、肉汁がジュワッと出て、じゃがいももアツアツ。

もっちりした生地も歯ごたえバツグン！

「うん。すごくおいしいね」

チーズのピザを食べながら、ハル兄が笑う。星夜も、おいしそうに味わって食べてる。

まひるは――まだ食べてない？　あ、スマホで写真を撮ってる。

「せっかくの限定ピザだからね～。……あ、大変！　ねえ朝陽、見て。さっきのバスのアクシデント、もうＳＮＳにアップされてる！」

「ほんと？」

まひるのスマホをのぞきこむと、さっきまでいた道路の映像が見えた。

下り坂を、バスがカメラに向かって走ってきている。

ここで、おれがハンドルを回して――。

あ、ハル兄も映ってる！　バスが止まるまで、ぜんぶ撮られてたんだ。

星夜とハル兄も、横からスマホをのぞく。

「たしかに、アクシデントの一部始終が映ってるな。ハル兄の顔まではっきり見えないけど」

「う～ん、困ったな。こういうことは、やめてほしいんだけど……それにしても、ここまでしっかり撮られてるってことは、かなり話題になってるのかな？　まひる」

「うん。ちょっとした騒ぎになってるよ。夢野さんも、対応に大いそがしなんじゃない？」

「ハル兄、夢野さんは、他にも何か言ってた？　さっきのバスのトラブルの原因とか」

「ううん。今のところはバスの故障だと考えているみたいだよ。トラブルが起きたばかりだから、調査はこれからだろうね」

「そっか」

「パパ……」

横で話を聞いていた陸くんがうつむくと、ハル兄がすぐに話題を変えた。

「夢野さん、陸くんが見つかってほっとしてたよ。陸くんは、かくれんぼが得意で、一度逃げだすとなかなか見つからないって。そうなの？」

「！　うん、そうなんだ。ぼく、かくれんぼがじょうずなの」

陸くんが、元気を取りもどして、お子様ランチを食べはじめる。

さすがハル兄。気分を変えてあげるのがうまいなあ。

気になるのは、さっきの陸くんの言葉。

〈パークをまもろうとしてた〉

あれ、どういう意味なんだろ？

ハンバーグをほおばる陸くんから視線をずらすと、星夜と目が合う。

もしかして、同じこと考えてる？

おれは、ピザを取るときに星夜に手をぶつけて、心の中で話しかけた。

（星夜、陸くんの心を読んで、何を知ってるか調べられる？）

（……むずかしいな。さっきも言ったけど、やっぱり小さな子は、思考にまとまりがなくて、かえって心が読みにくい。情報を引きだすには、直接、質問して思考を刺激しないと――）

（了解）

プルルルル……

「あ、夢野さんから電話だ。ちょっと待ってて」

ハル兄が、スマホを手にテーブルから遠ざかる。

その背中が見えなくなってから、おれは陸くんに声をかけた。

「陸くん、ちょっと聞いてもいい？」

「なあに？　あさひおにいちゃん」

「……さっき『パークをまもろうとしてた』って言ってたよね。あれ、どういうこと？」

「あっ」

陸くんが、自分の口に手をぱっと当てて、不安そうにおれたちを見る。

正面に座っていたまひるが、安心させるようにやさしく笑った。

「だいじょうぶ。わたしたち、ヒミツは絶対守るから」

「……うん」

陸くんは、キョロキョロとあたりを見まわしてから、そっとささやいた。

「あのね……ぼく、きいちゃったの。わるいひとの、はなし」

「わるいひと？」

陸くんが、こくりとうなずいた。

「きょうは、パパといっしょにパークにきたの。でも、パパはすぐ、おしごとでいそがしくなったから、ひとりでこっそりへやをぬけだしたんだ。かくれんぼみたいで、たのしいんだよ」

ぼく、かくれんぼがじょうずだしね、と陸くんは得意げに言った。

「でもね、きょう、パークのなかをひとりであるいてたら、スタッフのひとのこえがきこえてね。みつかるとおもって、にもつのうしろにかくれたんだ。そうしたら――」

陸くんが、そっと言った。

「パークをつぶす、って、きこえてきたんだ」

――パークをつぶす!?

驚いて目を合わせたおれたちには気づかずに、陸くんは続けた。

「はじめは、わからなかったの。でも、つぶすって、なくしちゃうってことでしょ？　まえ、だいすきなケーキやさんがなくなったとき、パパが、つぶれちゃったっていってたんだ」

「それで、陸くんはどうしたの？　その人に、話しかけた？」

「ううん。ぼく、びっくりして……こえがしたほうを、そうっとのぞいたの。はなしてたのはスタッフのふくをきた、おとこのひとだった」

スタッフの男――。

「でんわで、おはなししてたみたい。ぼく、こわくなって。そのひとがいなくなってから、ほかのスタッフさんに、あぶないよっていったん

だ。でも、だれもしんじてくれなくて……だから、ひとりでパークをぐるぐるあるいてたの」

「その、スタッフの男の人をさがしに？」

「うん。でも、スタッフさんがたくさんいて、みんな、ふくもおなじで、わからなくて……」

陸くんの声が、小さくなる。

これで、陸くんがインフォメーションセンターで名前を言わなかった理由がわかった。

どのスタッフが〈わるいひと〉かわからないから、警戒してたんだ。

陸くんが、ぎゅっとフォークをにぎって言う。

「このパークは、パパのゆめなんだ。パパは、みんなにたのしんでもらうために、すっごくがんばって……だから、ぼく、このパークをなくしたくないの」

「陸くんは、パパがとっても大好きなんだね」

「うん。とってもとってもだいすきなんだ！　だから、パパのだいじなものを、ぼくがまもってあげたいの」

陸くんの返事に、星夜がやさしく笑った。

「すてきだね。陸くん。その男の人は、他に何か言ってた？　どんなことでもいいんだ」

「うーん。しらないことばばっかりだったから……でもね、ええっと、『すべてのえりあで』とか、『きょーじゅーに』？　って、いってたよ」

すべてのエリアで……今日中に！

（エリアって、それ、パークのエリアのこと？）

心の中で呼びかけると、まひるがうなずいた。

（たぶんね。じゃあ、やっぱり、さっきのバスのアクシデントも偶然じゃないってこと？）

そう考えるのが、自然だよな。

——だれかが、このパークをねらってる。

どんなことが起きるのか、本当に起きるのかは、まだわからない。

けれど、ここにはいろんな乗り物がある。

もし何か起きたら……人の命が奪われる大事故になってもおかしくない！

「みんな、お待たせ。遅くなってごめんね」

近くで聞こえた声にハッと我に返ると、戻ってきたハル兄がイスに座るところだった。

「夢野さんからだったよ。食事の後、バックヤードまで陸くんを連れてきてもらえないかって」

「バックヤード？」

「スタッフ専用の場所。つまり、パークの裏側だね。さっきのバスの件でいそがしくて、どうしても迎えに来られないらしいんだ」

ハル兄は、最後のピザをつまんだ。

「だから、しばらく三人でパークを回っていてくれないかな？　せっかくいっしょに来たのに、悪いんだけど」

「……ううん、だいじょうぶ」

ちょうど、ハル兄ぬきで回ったほうがいい理由ができたから。

すっと、五人の輪の中で、手があがる。

まひるだ。

「ハル兄。わたし、ちょっとお願いがあるんだけど」

「え、ぼくに？」

ハル兄に説明を始めるまひるのとなりで、おれは星夜と目を合わせてうなずく。

陸くんのためにも、夢野さんのためにも。

そして、このパークに協力したハル兄や、遊びに来ている人の笑顔を守るためにも。

おれたちで、ここにいる人たちを守りながら、犯人をつきとめる！

「——行こう、三人で」

11 まひるのヒミツの職場見学

ハル兄と陸くんとやってきたバックヤードには、パークと同じくらい大きな道路があって、建物もたくさん並んでいた。

「うわっ、すごい！」

わたし、まひるは、目の前の建物を見上げて、声をあげた。

巨大な岩の真裏にあるビル。ここが、夢野さんがいる、システムを管理する建物だ。

「この岩、スカイ・エリアにある巨大な岩だよね？　その裏にビルがあるなんて！」

ああ～、興奮してちゃダメ！

夢野さんにお願いして入らせてもらったけど、遊びで来たんじゃないんだから。

警備員さんに開けてもらったドアの中に、三人で入る。

この建物は、パークを管理するための重要な場所。関係するスタッフしか入れないところだ。

スタッフ――ここにいる人の中に、犯人がいる可能性もある。

でも、スタッフの中から、犯人を見つけるのは、至難のわざだ。

わたしが調べた情報によると、ドリーム・ワンダーランドで働くスタッフさんは五千人以上。

今日働いている人だけでも、二、三千人はいる。一人ずつ調べていくなんて、絶対に不可能。

だったら、やるべきは事件の調査。

エリアを三人で分担して監視する、名づけて、**〈神木クマの見守りプラン〉**！

犯人を見つけられないなら、犯人のたくらみをいち早く見つけて、それを防ぐ。

ま、そもそも、まだほかにも事件が起きるのか、はっきりしてないしね。

〈管理室〉と書かれたドアの前まで来ると、陸くんに手をぎゅっとにぎられる。

……だいじょうぶ。わたしたちにまかせて。

夢野さんの夢、そして、このパークにいる人たちの笑顔は、わたしたちが守るから！

ハル兄がノックすると、ドアがすぐに開いた。

たくさんのモニターが並んだ、制御室だ。

真剣な顔で話しこんでいた夢野さんが、パッとこっちを振りむいた。

「陸！」

「パパ！」

かけよってきた陸くんを、夢野さんがさっと抱きあげた。

「はあ〜、無事でよかった。一人でいなくなっちゃダメだろう？　みんなさがしてたんだよ」

「うん。パパ、ごめんなさい」

「いいや。仕事ばっかりでパパも悪かった。陸を悲しませるのはよくないな」

ハル兄が、わたしに耳打ちした。

「夢野さんは、みんなを笑顔にしたい一心で、パークを作ったそうだよ。近くにあった遊園地がつぶれたときは、社員さんをドリーム・ワンダーランドで雇ってあげたんだ」

えっ、そんなすごい人だったんだ！　それに、本当にやさしいんだなあ。

「陸、ごめん。まだいそがしいんだけど、夜のパレードの前には時間を作るから、いっしょにアトラクションに乗りに行こう。約束だ」

「うん！」

陸くんが、うれしそうに夢野さんと指きりする。

う〜ん、かわいいなあ！　朝陽にも、あんなころがあったっけ。

ま、朝陽は今でも、意外とかわいいところあるけど。わたしの大事な弟だもん。

「若月さんも、陸のこと、ありがとうございました。それに、ええっと……」

「まひる、神木まひるです。兄の星夜と、弟の朝陽は、パークにいますけど」

「まひるちゃん、本当にありがとう。今度、ぜひ、みんなにお礼させてね」

「ええっ、お礼!?」

うっ、めっちゃラッキー！　もしかして、夢クマちゃんの激レアグッズ!?

あ、ちがうちがう。もう、今大事なのは、お礼の中身じゃなくて。

「そういえば、さっきのバスのアクシデントは、どうなったんですか？　その、原因とか」

「ああ、まだ調査中だよ。今はそのために、パーク内の同じタイプのバスもぜんぶ止めてるんだ。原因がはっきりするまでは、数日かかるかもしれないな」

「そうなんですか……」

つまり、今日の犯人の犯行を、夢野さんたちは止められないってことね。

だったら、やっぱりわたしたちがやるしかない。

「じつは、わたしがついてきたのには理由があって。少しだけ、ここで見学をさせてもらってもいいですか？　テーマパークの裏側に、すごく興味があるんです」

「いいよ。まひるちゃんの勉強になるといいんだけど」

「ありがとうございます！」

よし、これで監視カメラとわたしのスキルで、しっかりエリアの調査ができる。

――わたしの担当する〈スカイ・エリア〉の。

ずらっと並んだ監視カメラの映像の中で、雲の装飾がたくさんある画面に目をつける。

陸くんは、「すべてのエリアで」事故を起こす、と聞いた。

ドリーム・ワンダーランドのエリアは四つ。バスのアクシデントが起きたのは、シティ・エリアだから、調査すべきは、ウォーター・エリア、フォレスト・エリア、スカイ・エリアだ。

高い建物が多いスカイ・エリアは、見通しが悪いけど、それでも、わたしのスキルがあれば自由に視わたせる。

それにしても、陸くんが犯人の電話を聞いてくれていてよかった。

おかげで、的をしぼって調査できる!

「本当は、何も起きないのが一番いいんだけど……」

そのとき、空だけが見えていた一番右端の画面に、たくさんのプロペラが映しだされる。

空を飛ぶドローンたちだ。

夢野さんが言った。

「そろそろドローン演出の時間かな。スカイ・エリアでは、この時間、ドローンを使ったドローイング——空中に絵を描く演出があるんだよ。ドローンだけに、ドローンイング、なんてね！」

「ぶふっ！」

ドローイングって、日本語で「絵を描くこと」って意味だよね？

夢野さん、まさかのダジャレ好き!?

「はは、夢野さん、まだそれ言ってるんですか？」「社長、ダジャレ好きですよね、ふふっ」

モニターを見つめていたスタッフさんたちも、たまらず吹きだす。

夢野さんって、スタッフさんにも好かれてるんだなあ。いい雰囲気。

じっと空のモニターを見つめると、ドローンが集まって、絵を描きはじめる。

まずは、ピンク色のハート。次は、黄色い星。

「すごい！　ライトの色が、演出に合わせて変わってるんだ」

次は大きい何か……夢クマちゃんが、空に浮かんでる！

「かわいい〜〜〜！」

モニターごしでも、見ごたえあるなあ。あ、次は夢クマちゃんのダンス!?

「……あれ？」

画面の中の夢クマの形が、少しずつくずれていく。

なんでかな。足の部分が欠けてるような……違う！

「**ドローンが墜落してる！**」

「えっ⁉」

夢野さんも、他のスタッフさんも、驚いてモニターを見つめる。

画面の中で、ドローンがプロペラを止め、つぎつぎに落下していく。

別の画面には、ショーを見に集まっていた人たちが逃げまどう様子が映った。

あぶない！　このままだと、ケガ人が出ちゃう⁉

「現地のスタッフに連絡！　観客の避難を優先するんだ。システムに異常は⁉」

「エラーはありません。通常通りの手順で、ドローンも操作しているはずですが——」

夢野さんとスタッフさんが、すばやく対応を始める。

わたしも、できることをしなきゃ。でも、ドローンの知識なんてないよ〜！

あ、もしかして、ハル兄はそういうのもくわしい⁉

「ハル兄、ドローンがなんで落ちてきてるかわかる⁉　考えられる原因とか」

「原因……まずは故障かな。機械にはつきものだから。でも、スタッフさんの話からすると、そうじゃなさそうだから……」

ハル兄が、トントンと指であごをたたき、静かに言った。

「**……たぶん、妨害電波だ。**ドローンは電波で操作するからね。だれかが、アンテナを向けて、邪魔しているのかも」

「ありがと、ハル兄！」

じゃあ、一刻も早く、アンテナを見つけなきゃ。

「たしかに、若月さんの言うとおりだ。みんな、カメラの映像をチェックして！」

夢野さんの指示で、みんなが監視カメラの映像に集中する。

でも――犯人は、カメラに映らない場所にアンテナをしかけるはず。

みんなには見えないけど、わたしなら視える！

深呼吸して、目を閉じる。

背中が、ぞくっとする。スキルを使う感覚だ。

まずは、全体がよく視わたせる場所。

スカイ・エリアの――上空へ！

強く思ったとき、まぶたの裏に映像が浮かんで、パッと視界が開ける。

リアルタイムの空からの映像だ。さっきパークで見上げた建物が、はるか下に小さく見える。

ねらいどおり、空のど真ん中！　今にも、風の音が聞こえそう。

でも、スキルで視る景色だと、なぜか、ぜんぜんこわくないんだよね。

ドローンが墜落していく空中に視点を動かして、ぴたりと固定する。

電波で妨害しているってことは、アンテナは、このドローンたちから見える場所にあるはず。

まわりを一気に探して、見つけだす！

すっと息を止めて集中した瞬間、映像がクリアになる。

どこにあるんだろ。建物の屋根に、こっそり取りつけられてるとか……。

ドローンショーの近くにある建物を、上から見下ろして一つずつ確認していく。

「……何もない。こっちも、こっちも」

どうしよう。アンテナが見つからない！

しかも、墜落するようすを撮影してる人もいる？

あの、黄色い花柄のワンピースのお姉さんとか、白いパーカーのお兄さんとか。

そんなことしてる場合じゃないよ。あぶないときは、逃げなきゃ！

「はあっ、それよりアンテナ！　どうしよう、見つからない。ハル兄の予想が間違ってるのかな？　でも、今一番可能性が高いのは、妨害電波で――」

ぐらり
目の前で、また新しいドローンが地上に落下していく。真下にいるのは、小さな子どもだ。

「あぶない！」

次の瞬間、親が子どもを引きよせて、ドローンは地面にぶつかって止まった。

ほっとしたと同時に、ゾッとする。

……早く見つけなきゃ。

絶対――絶対、阻止する！

さらに、視る範囲を広げる。

建物の上から、通路へ。人へ。

「あっ」

あれじゃない!?

スカイ・エリアの端の、トイレの裏に、目がくぎづけになる。

ドリーム・ワンダーランドのにぎやかな雰囲気にまったくなじまない、金属製のアンテナ。

そのアンテナを、こっちにまっすぐ向けている、あやしい男がいる。

見つからないように、そんなところからねらってたんだ。

しかも、ニヤついてる〜。サイテー！

パッと目を開ける。

さっきの男は監視カメラには映ってない。早くやめさせなきゃ！

わたしは、システムを調べているスタッフさんにかけよった。

「あの、エリアの端のトイレの近くを調べませんか!? あそこから、妨害電波が出てるかも」

「えっ、トイレ？ 現地のスタッフに連絡はできるけど……でも、どうして？」

ああー、スキルで視たからって言えないの忘れてた！

「それは、ええっと……あ、ほら、墜落しているドローンはトイレのある方角からだから、あそこから電波を飛ばしていると考えたら自然なんじゃないかって」

ハル兄もうなずいた。

「そうだね。それにあのあたりは低い建物が多くて、妨害しやすそうだ。可能性はあるかも」

ありがとう、ハル兄！

夢野さんがうなずくと、スタッフさんがすぐさまマイクをオンにする。

『ただいまより、エリアの端のトイレを一時閉鎖いたします。お客様は、スタッフの案内に従ってすみやかに――』

放送がかかったとたん、監視カメラの映像の中で、人がちらほら移動をはじめる。

その中に、スタッフに抵抗する男の姿が、ちらりと映りこんだ。

さっき、アンテナを持ってた男！

スタッフが、夢野さんを振りかえる。

「警備員が、不審者を発見したそうです。ドローンの操作も、復帰しました！」

やった！

監視カメラの中で、落ちていたドローンがふたたび空に舞いあがると、まるでお客さんにありがとうと言うように、描かれたクマが空中で手を振る。

「まひる。ケガ人も出なくて、よかったね」

ハル兄の言葉に、わたしもにっこり笑った。

本当によかった！

あーあ、スキル使っておなかすいた。これはまた、おいしいものを食べなくちゃ。

ふたたび空を舞いはじめたドローンを、画面ごしに見つめる。

スカイ・エリア、まずは無事にクリア。

でも、二つ目の事件が起きたということは——犯人のたくらみは、まだこれからだ。

「星夜、朝陽。あとの二つは、まかせたから」

12 逆転の法則

まひる『スカイ・エリアは犯人を捕まえたよ。ドローンショーの事故も、なんとか防げた』
朝陽『すごい、もう!?　でも、それって本当にパークをねらってる人がいるってこと？
　目的のエリアに着いたから、おれも今から動いてみる』

「『朝陽、あまり無茶はするなよ。何かあったら呼んでくれ』……と。さてと、朝陽に無茶をさせないためにも、早く片付けないとな」

オレ、星夜はメッセージを打ちこむと、〈フォレスト・エリア〉を見まわした。

その名の通り、たくさんの木が植えられた森のエリアだ。心が和む景色だが、見通しは悪い。

昼どきを過ぎて、また人が増えたせいで、ぶつからないようにするだけで疲れるくらいだ。

「敷地も広い。さて、どうするか」

スキルを全力で使って、ここにいる全員の心を読みながら、歩きまわるか？

いや、エリアが広すぎるし、この人数の心を読みつづけるなんて無謀だ。

心か、体力か――オレが先につぶれるに決まってる。

「とはいえ、このまま何もせず見ているわけにもいかないしな」

犯人は、ここでいったい何をねらう？

あたりを警戒しながら、おみやげの店に入ってみる。

店の中も、外の通路に負けずおとらず、グッズを選ぶ人でいっぱいだ。

「このボールペン、揺れるかざりがかわいい～」「このクマ柄バスタオル、よくない？」

みんな、楽しそうに選んでるな。たしかに、いろんな商品があって目うつりする。

まひるがここをまかされていたら、買い物に熱中してそうだな。

「あ、このキーホルダーは、朝陽が好きそうだな。チケットのお礼に、ハル兄にも何か贈るか」

何なら喜ぶだろう？　シンプルなデザインのタンブラーか、ハンカチか。

一番人気なのは……。

「ぬいぐるみか」

ひときわ大きな人だかりができているのは、天井までクマが並ぶ、ぬいぐるみのコーナーだ。

そういえば、夢クマは家族っていう設定だったな。いろんな種類がある。

「ぬいぐるみは、一番人気のキャラクターグッズらしいから、人が集まるのも当然……」

そうだ。その人気を使わない手はない。

──夢クマに、犯人さがしを手伝ってもらおう。

「……そうと決まれば」

キーホルダーを手にレジで会計をすませて店の外に出ると、記憶どおり大きな看板がある。

〈夢クマ　長男・グレイ　ふれあいイベント〉

やっぱりな。今から……三十分後か。

すぐに店の裏手に回ると、スタッフ用の大きなドアが見えてくる。近づこうとしたとき、ちょうど、ドアが中から開いた。

おっと。

見つからないように、近くの装飾を見るふりをしてやりすごし、横を通りすぎたスタッフの背中に集中して、心の声を聞く。

（はあ、着ぐるみ担当のスタッフ、お昼の休憩からちゃんと戻ってくるかなあ。ここの控え室で休んでくれてもいいのに。あの人、いつもギリギリまで社食でご飯たべてるのよね。心配！）

……お疲れ様です。

つばさ便り
5月の本
193号
読書がはかどる
緑の季節♪
神スキル!!! 絶叫！ 暴走!? ねらわれたテーマパーク
作／大空なつき 絵／アルセチカ
全員注目!!
超大型ためし読み＆ＨＰがもどってきたよ！ いますぐチェック
6シリーズが無料で読める！
つばさ文庫人気作
まるごとイッキ読み
角川つばさ文庫
公式HP

生存者1人／100人
危険すぎるテストを
勝ちあがれ――。
この呪験に失敗したら、
あなたの人生は終了です。
最速情報＆
ためし読みを
チェック！▼
人生デスゲーム
命がけの生き残り試験
作／あいはらしゅう　絵／fuo

作／辻村深月　絵／那流

コロナのせいで天文部の夏合宿は中止になった。だけど、住む場所も学年も違う亜紗、真宙、円華たちがオンラインで一緒に天体観測をすることに!?　話題映画の原作小説！

2025年7月4日(金)映画公開！

最速情報をチェック！

2025年5月1日(木)
映画公開中！

世界の未来は『たべっ子どうぶつ』に、たくされた!?

ある日、わたあめの人気復活をたくらむキングゴットンによって、世界中からわたあめ以外のおかしが消えてしまった……！　世界中の人の笑顔を取り戻すべく立ち上がった『たべっ子どうぶつ』たちは《ある作戦》を思いつく！

小説版がつばさ文庫で発売中！

池田テツヒロ・脚本
百瀬しのぶ・文

本当は絶対にダメなんだが、今は緊急事態だ。

するりとドアから入り、在庫の段ボールが並ぶせまい通路を抜けると、小さなスペースに、グレーのクマがいた。

正しくは、夢クマの着ぐるみだ。

「うっ」

……これを着るのか。

自分で考えたこととはいえ、抵抗があるな。

でも、来園者に危険が迫りつつある今、手段は選んでいられない。

「すみません。あとで必ず返しに来ます」

心の中で丁寧に謝ってから、着ぐるみの中に入る。意外とシンプルなつくりだ。

クマの頭を見て、一瞬迷ったものの、さっとかぶって外に出た。

視界がせまくて、外が見にくいな。口のところから、外を見てるのか。
体が重いし、暑い……何より。
この姿を、朝陽とまひるに見られませんように！
キイイ……
バックヤードから出ると、あいかわらず、たくさんの人がお店の前を行き来している。
一歩、人が多いほうへ行った瞬間、まわりからきゃあっと歓声があがった。
「あ、夢クマのグレイくんだー」「もう来てくれたの？　すごくラッキー！」
一瞬で、まわりに人だかりができる。どんどん集まる人で、すぐもみくちゃになった。
うっ、子どもが飛びついてくる！
オレは、ふれられると強制的に心の声が聞こえるから――。
（わあ、夢クマだ。すごーい！）（いっしょに、しゃしんをとってくれるかな⁉）
（すごい、もふもふだー）（ドリーム・ワンダーランドに来てよかったあ！）
「……」
流れこんできた心の声が、みんな明るくてほっとする。
聞きたくない心の声を聞くと、いやな気持ちになることばかりなのに、めずらしいな。

……そうか。みんなが、本当に楽しんでるから。

足にしがみついてきた小さな子の頭に、そっと手を当てる。

……朝陽やまひるの小さいときを思いだすな。こんなふうに、よく飛びついてきたっけ。

この子たちみたいに、目をキラキラさせて――。

こんな気持ちを、ふみにじらせはしない。

来園者を――パークを守ろう。

ここにいる一人ひとりが、おれにとっての二人みたいに、きっと、だれかの大事な人だ。

飛びついてきた子をゆっくり地面に下ろし、たくさんの手と握手しながら、警戒を切らさずに通路を少しずつ進んで行く。

みんな、楽しそうに見てくるな。

もちろん、着ぐるみに興味がなくて、振りかえりもしない人も、たくさんいるけど――。

でも――犯人ならオレに敵意を持たざるを得ない。

悪事を働く犯人からすると、人が多くなると困るはずだ。

こんなふうに人を集めるオレを、パークのだれよりもけむたがる！

「っ！」

いた。

みんなに手を振りながら、視界のすみにいる男に視線を向ける。

——メリーゴーラウンドのかげにいる、若い男。

こっちを、じっと見ている。にらんでいるような、こわがっているような、奇妙な顔だ。

着ぐるみを見る顔じゃない。

視界をふさいでいる着ぐるみのネットごしに、その男へ意識を集中させる。

(くそっ、人が集まってきた！　せっかく人の少ない休憩スペースをねらうつもりだったのに、あそこにも人が来るじゃないか)

休憩スペースをねらう？　いったい、何をする気だ。

「……どちらにしろ、たぶん、ろくなことじゃないな」

「夢クマさん、どうしたの？」

すぐそばにいた男の子が、不思議そうに首をかしげる。

オレは男の子の頭をなでてやると、トントンと指で自分の手首をたたく。

腕時計——時間切れの合図だ。

残念そうにしながらもはなれてくれたお客さんに手を振りながら、視界の端で男を追う。

人ごみから、足早にはなれていっている。エリアの端のほう――。

アトラクションのない、休憩がメインの場所か。

男はベンチを通りすぎ、植え込みに足を踏みいれると、背を丸めて、何かを取りだした。

びしゃりと水の音がしたあとに、カチッと、いやな音が鳴る。

（よし、いよいよだ。これで、この森を――）

させない。

オレは、音もなく近づくと男の手首を全力でつかんだ。

「動くな」

「なっ！」

男が、ぎょっと振りむくと、手の中で輝く鈍い光が見える。

ライター――その先で、真っ赤な火がチラチラと揺れていた。

「なるほど。可燃性の液体をまいた植物に火をつけて、火災を起こすつもりだったのか。フォレスト・エリアは植物が多い。ひねりはないが、意外と効果的なやり口か。人間性を疑うがな」

「くっ、なんで気づいて……この野郎！」

男は持っていたライターを投げすてて、オレに向かってこぶしを振りあげた。

……視界がせまいな。

着ぐるみは、防御には向いてるけど、全身に重しをつけたみたいに動きにくい。

——動きにくいけど。

「悪いな。もう慣れたんだ」

右足を大きく振りあげると、着ぐるみの重さも加わって、強烈な勢いがつく。

バキッ！

振りぬいた足が、男の首に真横から直撃する。

不意打ちを食らった男が地面に倒れると、オレは、クマの頭を外して、ようやく息をついた。

「はあっ……夢クマのイメージがくずれるから、こんな姿は、パークの誰にも見せられないな」

さてと、一刻も早く、着ぐるみを返しにいかないと。

でも、その前に。

男のそばに腰を下ろす。うんうんとうなり声が聞こえるから、意識はありそうだ。

よかった。これなら、心は問題なく読める。

オレは冷たい目をしながら、男に手を伸ばす。

「それじゃあ——おまえたちのプランを、すべて教えてもらおうか」

13 沈むボート!?

まひる『こっちは、スタッフさんが犯人から事情聴取してる。星夜と朝陽のほうは？』

星夜『フォレスト・エリアで、犯人を確保した。事故も未然に防いだから、もう危険はない』

「ええっ。じゃあ、あとは、おれだけ!?」

昨日の宿題みたいになってる！

おれ、朝陽は、スマホを見ながら、担当の〈ウォーター・エリア〉のど真ん中で叫んだ。

大きな湖がある景色は、のどかで、歩く人たちもみんなゆったりしてる。

でも、もうエリアを一周したのに、事故が起きる気配は、まったくない。

「エリアのほとんどが湖で見わたしやすいはずなんだけど。何か見おとしてるのかなあ」

はあ。おれのスキルも、まひるや星夜みたいに調査に向いてたらな。

……けど、落ちこんでてもしょうがない。

「こういうときこそ、動く！」

タンッ！

とにかく、歩く。何度も回ってれば、異変にもすぐ気づけるようになるはずだ。

それに、スカイ・エリアとフォレスト・エリアで事故が起きかけたってことは、ウォーター・エリアでも、きっと何かある。

陸くんと夢野さんのためにも、犯人たちの計画を止めないと！

楽しそうなにぎわいの中を、どんどん抜ける。みんなで乗ったキング・スプラッシュの前を通って、レストランの前を走りぬけると、大きな湖が見えてきた。

ウォーター・エリアの一番の見どころ、〈ブルースター・レイク〉だ。

「何度見ても、見晴らしいいな。あ、ここからなら、エリア全体がよく見えそう――」

ドンッ

走りだしたとき、すれ違った人と肩がぶつかって、スマホが地面に落ちた。

おれの!?　……じゃない、ぶつかった人のか。

「すみません。前を見てなくて」

「いいよ、いいよ」

白いパーカーの男の人が、スマホをあわてて拾い、湖にまたスマホを向ける。

撮影中で、こっちを見てなかったのかな？　あぶないあぶない。

もしスマホが湖に落ちてたら、おれのおこづかいが何十年分も消えるとこだった！

トントントン
足元に注意しながら、木でできた桟橋の上を歩いて湖に近づく。

かなりの深さがありそうな暗い水面を見つめた瞬間、銀色の何かがはねた。

「うわっ！」

今の何？　魚……でも、何匹もリズムよくとんでる。

もしかして、魚のロボット？　夢野さんって、すごい！

『みなさん、ワイルド・クルーズへ、ようこそ！』

湖を進むアトラクションのボートから、船長の元気な案内が聞こえてくる。

道路にも、たくさん人がいる。夢クマの風船を手におしゃべりする人や、アトラクションへ急ぐ人。レストランの前にも、行列ができている。

「……なんか、一人でいるの、変な気分」

ほんとなら、おれもみんなとワイワイやってるはずだったのに。

遠くを見ると、木々の向こうに、大きなリボンのついたお城が見える。

陸くんは、夢野さんのところに戻れたかな？

おれも――早く、このエリアの事件を解決して、みんなと合流したい。

「でも、犯人はなんでパークをつぶそうとしてるんだろ。あちこちで事故を起こして……」

ま、それは犯人を捕まえればわかるから、今はいいか。

星夜が、今ごろ犯人の心を読んでそうだし……おれは、あんまり読ませたくないけど。

「そういえば、星夜はどうやって犯人を見つけたんだろ？　参考に、今から聞いて――」

「**キャ――――！**」

悲鳴!?

――湖だ。ボートのほう！

桟橋の手すりに飛びついて見ると、屋根がついた中型のボートの上が騒がしくなっている。

エンジンは――動いてる。でも、船が後ろ側にかたむいてる？

一番後ろの座席のあたりが、黒い線を中心に、少しずつ少しずつ沈んでるような……。

「あれ、模様？　違う……ヒビだ！」

あそこから、水が入ってる。

このままだと、ボートが沈む。**もしかして、これがこのエリアのアクシデント!?**

「キャー！」「お願い、そっちに寄って！」

『みなさん、落ちついてください！　急いで岸に戻りますから、片方に寄らないで！』

船長が操縦しながら言うものの、みんなが動く衝撃で、船がグラグラ揺れる。

これじゃあ、船着き場まで行けない。

――おれがスキルでヒビをふさいで、時間を稼ぐしかない！

「ええっと、ヒビをふさげそうなものは!?」

あわててバッグを探る。中は、自分で入れたものと、まひるに入れられたものでパンパンだ。

ええっと、ハンカチ、ティッシュ、日焼け止め、ばんそうこうに――トランプ!?

「待ち時間のため？　って、おれのバッグにつめこみすぎ……あった！」

レインコート！　これを外側にスキルで押しあてたら、たぶん、水の浸入をふせげる。

「あとは、ヒビにつめるもの……ハンカチ？　ガイドブック？　ヒビに入らないか。トランプはつめたら、まひるに怒られる！　あー、うー」

持ってないなら探すしかない。でも、何を!?

さっと、まわりを見まわす。看板、葉っぱ、バッグ、ぬいぐるみ――。

「風船！」

さっとゴミ箱に目を向けると、くしゃくしゃにつぶれたクマ形の風船が見える。

あのゴムを使えば、いける！

みんながボートに気を取られていることを確認してから、しぼんだ風船をにらむ。

集中。

次の瞬間、しぼんだ風船が、地面すれすれを飛んで湖に飛びこむと、するすると水の中を泳いでボートに近づいた。

よし、このままヒビにつっこんで……。

って、水の力がすごい！

だけど、とにかく奥までつめる！

グッ、グッ

よし。少し水の量が減った。

ヒビをふさげてる！

「次は、これ！」

持っていた薄手のレインコートも湖を泳がせながら、水の中で大きく広げる。

あとは、ヒビを守るように上から押しあてるだけだ。

「ええっと、ぴったり、ぴったり……吹きこぼれた鍋に、フタをするイメージで！」

――**グッ**
はりつけるようにレインコートを押しあてると、浸水が一気にゆっくりになる。

湖を囲む柵から見ていた人たちから、不思議そうな声があがった。

「よかった、浸水が止まってきてる！」「あれ、ボートのヒビに何かはりついてない？」

「あ、あはは……」

えーっと、スキルだとはバレてなさそう？　それより、集中を切らすな。

このまま、押さえて――。

不安そうなお客さんを乗せたボートは、少しずつ岸に近づいてくる。

降り場まで、もうちょっと。
三、二……一メートル！

ガコン！

『みなさま、たった今、船をつなぎました。あわてず、こちらから下船してください！』

わあっ

「……ふう」

やりきった……。

へろへろになりながら、手すりにもたれる。

ふー、お客さんが全員無事でよかった。これで、このエリアのアクシデントはクリア？

「あとは、なんで風船がつまってるんだって、騒ぎになる前に逃げないと！」

集まってくる人の波に逆らって、桟橋からはなれる。

うわっ、もしかして逆に目立ってる？

あわててはなれてるのは、スキルのことをあやしまれたくないおれくらい――。

あ、もう一人いる。

おれと同じように、うつむきながら走りさろうとしている男がいる。

黒い服に、黒いズボン。チラチラとボート乗り場を振りかえる顔は、見るからに不安そうだ。

なんで？ ……でも、こんなとき不安そうにする人は、一人しかいない。

ボートに細工した犯人！

「あのっ」

おれが声をかけた瞬間、男が全速力で走りだす。

間違いない、あいつだ！

「オレは、何も……何も知らない！」

だったら、逃げるなよ！

「――止まれ！」

大きく目を見ひらくと、男の行く先にあったゴミ箱をスキルで倒す。前を見ていなかった男は、思いきりゴミ箱にけつまずいて、道に転がった。

ドオォン！

うっ、痛そうな音。さすがに、ちょっとかわいそう？

「それくらいは仕方ないだろ。なにせ、たくさんの人を危険な目にあわせたんだからな」

「星夜！」

聞きなれた声に振りむくと、星夜がすずしい顔で立っている。

フォレスト・エリアから駆けつけてくれたんだ。

ずっと一人だったから、なんかほっとする。

「朝陽、待たせたな。オレは……ある道具を返却して、スタッフに犯人を引きわたしてきた。そっちは？」

「わかった」

「今、ちょうどこの人を捕まえたんだ。まだくわしいことは聞けてないけど……」

星夜が、ゴミ箱にぶつかって地面にのびた男を、静かに見おろす。

心を読む気だ。これで、ぜんぶわかる――犯人の目的も、正体も！

「……っ」

星夜の眉毛が、くっとゆがむ。

険しい顔してる？　やっぱり、犯人の心を読んでいやな気持ちになったとか――。

「……この男も、外れか」

「え？」

星夜が、ため息まじりに言った。

「こいつは、ただの実行犯だ。何も知らない。本当の犯人のねらいも――真犯人も」

「ええ――――!?」

14 本当の目的

近くにいたスタッフに、「ボートにヒビを入れたと、うなってる人がいる」と伝えて、男を捕まえてもらったあと。

二人で移動してきたパークの中心の広場の店には、たくさんの人が集まっていた。

「朝陽、星夜！」

ハル兄が、長身をいかして人ごみの上に出した手を、大きく振っている。

はあ、安心する。やっぱり、ハル兄がいてこその神木家ってかんじ。

「ハル兄、まひるは？　近くにいないの？」

「あそこ」

ハル兄が指さしたグッズショップの中で、長い二つ結びが、棚の間を行ったり来たりしてる。

間違いなく、まひるだ。

「あっ、このボールペンかわいい！　下敷きに手鏡に、ふふふっ、買おうって話してた、家族おそろいのクマ耳パーカー！　あとこっちの、ストレス解消ぷにぷに夢クマボールも、いい～。夢クマちゃんを全力でむにむにするのは心が痛むけど！　あ、このワンピースも――」

……完全に正気を失ってない？

「あ、朝陽、星夜。もしかして、もうお買い物終了!?　大急ぎでどれにするか決めなきゃ！　ハル兄、申し訳ないんだけど、お金を渡すからお会計をしてきてくれる？　本当にごめんね」

「いいよ、まかせて」

ハル兄がカゴを持ってレジに行くと、まひるはすぐに店を出て、空いていたベンチに座る。

なるほど。ハル兄に頼んだのは、三人で話す時間を作るためか。

あーあ。それにしても、スキルを使いすぎておなかすいた！　こんなことなら、家からチョロルチョコを持ってくればよかった。

「そういえば、まひる。陸くんは？」

「もちろん、夢野さんに引きわたしてきたよ。だいぶ、ほっとしていたみたい」

「そっか」

とりあえず、陸くんは無事に帰せてよかった。

「……まひる、星夜。これで、パークは守れたんだよね？」

「うん。フォレスト、スカイ、シティ、ウォーター。四つのエリアすべてで、ケガ人が出る前に事故を防げたからね。でも……」

「オレたちは――陸くんが目撃したスタッフを、まだ見つけられてない」

星夜の言葉に、おれは目をふせる。

そう。この、いやな感じは、そのせいだ。

あと少しで完成するジグソーパズルのピースが見つからない。そんな、モヤモヤした感じ。

「おれと星夜が捕まえた犯人は両方、何も知らなかったよね？　お金がもらえると聞いて、来園者としてパークに来てボートにヒビを入れたり、火をつけようとしたりしただけだって」

「ああ。それ以上のことは読みとれなかったから、ウソじゃないはずだ」

「わたしが捕まえた犯人も同じ。スタッフさんが聞いても、スカイ・エリアの植え込みの中から袋を拾って、妨害電波を発信する器械を使っただけだって」

まひるが、困った顔で言った。

「けっきょく、わたしたちは陸くんが見かけたスタッフに近づけてない。まだパークから危険は去ってないのかも。考えたくはないけど……」

「そうだな。かといって、やはりスタッフの中から一人の犯人を見つけるのは、現実的じゃない。

現状……これ以上の対処をするのは無理だな」

「そんな！」

おれは立ちあがって、二人に正面から向きあった。

「まだ、何か起きるかもしれないのに。何かできることがあるはず――」

「でも朝陽、他に方法なんてある？」

わたしにはパッと浮かばない、と、まひるが息をはくように言った。

「犯人をつきとめるには、各エリアで事件を防ぐのが一番の近道だと思ってた。だけど、犯人のほうが上手で……くやしいけど、これ以上できることなんてないよ。あとは……」

「真犯人の計画が……失敗することを祈るくらいしかない？」

おれの質問に、二人が黙り込む。

まわりでは、楽しそうな声が響く。アトラクションに興奮する声、友だちと盛りあがる声。

ワクワクした気持ちでいっぱいの、笑い声――。

――もし、できることがなかったとしても。

「**おれは、あきらめたくない**」

まひると星夜の視線を感じる。二人の心配そうなひとみ。

でも、言葉を止められない。

「だって、あきらめるって、夢野さんと陸くんの大事な想いを、あきらめるってことだろ？」

こんなにすごい場所を作ったんだ。

きっと、おれたちが知らない大変なことや、むずかしいことがたくさんあったはず。

このパークがつぶされたら、その想いもがんばりも、全部なかったことにされるのと同じだ。

「それにここには、ハル兄の想いもつまってる。ハル兄のアトラクションがそんな理由でダメになるなんて――」

「「それは、困る！」」

「わっ」

二人とも、声ぴったり！　しかも――目に力が戻ってる。

まひるが、すっくと立ちあがった。

「たしかに、パークがつぶされたら、ハル兄のアトラクションにも乗れなくなっちゃうもんね。わたし、あと十回は行きたいな。まだまだびっくりする気がするし」

「オレも。ハル兄を悲しませたくもないしな。それに……パークを回ってわかった。陸くん、夢野さん、ハル兄だけじゃない。ここには、いろんな人たちの夢――大事なものがつまってる」

星夜も立ちあがった。

「無理だからって、あきらめないといけないわけじゃない。何より、オレもあきらめたくない」

「星夜……」

二人とも、ありがと。

向かいあったまま、おれが二人の肩に手を回すと、すぐに二人も同じように肩を組んでくる。

おれ、まひる、星夜――三人での肩組み。

小さいときから、そう。

だれかがくじけそうになったとき、一人じゃ倒れそうなとき、三人で肩を組む。そうすると、自然とだいじょうぶだと思える。

一人じゃないって気がするんだ。

右にまひる、左に星夜の顔が見える。

二人とも、こっちを見てない。ただ、三人の中心を見てる。

三角形に並んだ足の、その真ん中を。

――三人いっしょなら、絶対にできる。

犯人を止めよう。おれたちでパークを守るんだ！

組んでいた肩をぱっと外すと、まひるが腕時計を見る。解決までのタイムリミットだ。

「パークの閉園まで、あと一時間ちょっと。犯人がまだ何か事故を起こしてパークをつぶすつもりなら、来園者を巻きこむはずだから、まちがいなく、この短い時間のうちにしかけてくるよ」

「上等。時間がはっきりしてれば、こっちだって全力でスキルを使える！」

「……じつは、少し気になることがあるんだ」

え？

星夜が、むずかしい顔で口に手を当てた。

「犯人の目的から、さかのぼって考えてみたんだ。犯人の目的は、パークをつぶすこと。そして、オレたちは四つのアクシデントを解決してきた。細工されたバス、ドローンショーの妨害、火災に、ボートの水没――もちろん、うまく防げたから被害は出ていないんだけど」

「だけど？」

「……パークをつぶすにしては、どのアクシデントも規模が小さくないか？」

ぞくっ
いやな感じがする。

星夜が続けて言った。

「パークをつぶすには、大きな事件や事故が必要だ。四つのアクシデントがすべて成功したとしても、パークを閉園するほどの影響は出ないと思う。どうだ？　まひる」

「うーん、言われてみれば……せいぜい、一時休園して警備態勢を見なおすくらいかな。じゃあ、ここまでのアクシデントは、なに？　おまけってこと？」

「それか――最後のとっておきのための準備か。大勢の命をねらう大事故の」

ドンッ！　バババン！

何の音!?

ビクッとしながら空を見上げると、大きな花火が二つ、キラキラと輝いている。

なんだ、パレードの予告の花火か。タイミングよく上がったから、びっくりした。

いつの間にか、広場に人がどんどん増えてきている。

すぐそばを通りかかった女の人たちが、スマホを見ながら言った。

「ねえ、この動画、本物？」「トラブル起きてるって。スタッフさんに聞いてみる？」

トラブル？

おれは、女の人のスマホの画面をこっそりのぞく。

さっきのボートが映ってる――。

これ、おれが防いだボートの事故⁉

「朝陽、大変！　もしかして、朝陽がスキルを使うところも撮られてる⁉」

あせるまひるに、星夜は自分のスマホに映した動画を見せた。

「いや、だいじょうぶそうだ。ヒビをふさぐところも、水中で映ってない。でも……この動画、ボートが沈む前から撮られてるな。このボートが、ずっと画面の中心に来てる。偶然か？」

「それは、そうじゃない？　だって、事故が起きるかわかってる人なんて、いるわけ――」

あ！

「……もしかして、これも真犯人のスタッフのしかけなんじゃ⁉」

まひるも、あっと口を開けた。

「じゃあ、わたしが視た二人のどっちかが……朝陽！　この動画を撮影してた人を見てない？　黄色いワンピースのお姉さんか、白いパーカーのお兄さんか――」

「えっ。どうだったっけ。でも、撮影中の白いパーカーの男の人とぶつかって」

「やっぱり！　その男、ドローンショーにもいたの。スタッフに止められるギリギリまで、カメラで撮影を続けてた。まるで、どうしても事故を撮影したいみたいに！」

「つまり、そいつも、真犯人が金で操った犯人の一人ってこと⁉　でも、何のために……」

ドンッ！

「わっ！」

横から強い力で押されて、星夜に頭からつっこむ。

まわりを見ると、人が一気に増えている。スタッフも整理しきれないくらいだ。

『みなさん、こちらは通路です』『立ちどまらないでください！』

「いたた。ごめん、星夜。でも、なんで急に混んできたんだろ。スタッフが足りてないのかな」

「そうだな。さっきのアクシデントだけじゃなくて、動画を見たお客さんへの対応もありそうだから、スタッフの手が回らなくなっているのかも……スタッフ？　まさか！」

星夜が、険しい顔でおれの肩をぎゅっとつかむ。

「……真犯人は手下にアクシデントの動画をアップさせて、わざとスタッフが手薄になるようにしたんじゃ」

「えっ⁉　ってことは、これも真犯人の計画？　それって、つまり」

まだ真犯人は止まってない。

一番危険な事故は、今から起きる⁉

「でも、おれたちはぜんぶのエリアの事故を防いだのに。それじゃあ、話が合わない――」

「二人とも、待って！」

まひるがパッと片手を上げて、会話をさえぎった瞬間、すぐそばのスタッフの声が聞こえた。

「本部に、応援を頼めないか？　このままじゃパレードも大変だぞ」

「でもなあ。他のエリアも人手不足だろ？　広場エリアまでは、とても手が回らない――」

今、なんて？

まひるが、くっと、くちびるをかんだ。

「……やっぱり。このパークには、名前にエリアとついた場所が四つある。でも、スタッフにとっては、この広場も一つのエリアなんじゃない？　しかも、ここには……」

パークのシンボルのお城。そして、一番速度が出るアトラクション。

ジェットコースターの『キング・ドリーム』がある！

星夜が、鋭い声で言った。

「まひる！　犯人たちは、騒ぎを起こしてパークのイメージを下げるためにも、最後の事故もSNSにアップするはずだ。きっと今回も、動画を撮影してる白いパーカーの男が近くに――」

「今、視る！」

まひるが、すぐに目を閉じて深く息をする。

スキルを使ってる——犯人を見つけて、そのプランを見とおすために。

「————いた」

まひるが、ぎゅっと顔をしかめた。

「白いパーカーの男、ジェットコースターのすぐそばにいる。あ、スマホ見てる！　真犯人からの指示が——**『パレードの時刻のコースターで、リボンの落下事故を撮れ』**？　……あっ」

「まひる、どうしたの？　リボンの落下事故って」

「あのお城！　巨大なリボンのかざりが、コースターが落下するところの真上にあるでしょ？　今、異常がないかいそいで視たら、あのリボンを固定するボルトが、ほとんどゆるんでて。しかも、一個だけしっかりしまったボルトに——これ、爆弾？」

「爆弾!?」

さっと、広場の真ん中にある城を見上げると、すぐに巨大なリボンの装飾が目に入る。

「もし、あれを固定してるボルトが弾けとんだら……」

ジェットコースターの上に、あの巨大なリボンが落ちる。

「間違いなく……大勢の乗客が死ぬ？」

15 ごめん、ハル兄

――絶対に止める！

弾かれたように、広場の真ん中で輝く城へ向かって走りだす。

でも、すぐに人波にぶつかる。一メートルも、まっすぐ進めない。

ああ、一秒だっておしいのに！

距離をつめてきたまひるが、人ごみに埋もれながら叫んだ。

「人、多すぎ！　星夜、これ、パレードが始まるまでにジェットコースターにたどりつける⁉」

「とにかく急ぐしかない。……事故の計画に気づかれても簡単に近づけないようにするなんて、うまいやり方だな」

星夜、ほめてる場合じゃないって！

「まひる、夢野さんに電話してみて。もしかしたら、まひるが行ったシステムの管理室から、ジェットコースターを止められるかも！」

「あ、それは無理。一か所に管理が集中するとリスクが上がるから、アトラクションは管理室から操作できないようにしてるって。自由研究に使えると思って聞いておいたの。えらいでしょ」

まひる、ちゃっかりしすぎ！

星夜が、顔をしかめる。

「どちらにしろ、電話がつながるかあやしい。人が増えすぎて、電波が安定していない。かかるかどうかすら、運次第だ。それに、今一番いそがしいのは、たぶん、夢野さんだ」

そっか。きっといろんな人から、確認や指示を待つ連絡が押しよせて――。

ドクンッ

夢野さんの笑顔が、頭に浮かんで、立ちどまりそうになる。

――ダメだ、ダメだ。

不安で足を止めるヒマがあるなら、動く。

そうじゃないと、前に進めない！

「星夜、まひるを支えて。おれが、先頭を行くから！」

三人固まって、人の流れに逆らいながら進む。

前が見えない。それでも、あの真っ白なお城をめざして――。

「見えた！」

ドリーム・ワンダーランド、一番のジェットコースター。

〈キング・ドリーム〉の乗り場の、入り口！

夢クマの装飾がたくさん飾られた入り口から中に飛びこむと、一気に人が減る。

中は、ゆるい上り坂だ。長い列ができてもいいように、乗り場まではかなりの距離がある。

でも、これをかけあがれば間に合う。

まだ、たくさんの乗客を――助けられる！

ピリリリ！

「はい、朝陽！」

『もしもし？　ぼくだけど』

はっ。

「「ハル兄⁉」」

思わず足を止めて、三人でスマホをかこむ。

そうだ。ハル兄を、すっかり忘れてた。

え、なんて言ったらいい⁉

『まひるも星夜も、いっしょなんだね。よかった。待たせて、ごめんね。レジが急に混雑して、かなり時間がかかったんだ。今、どこにいるの？　近くにはいないみたいだけど』

「えーっと、それが、今はキング・ドリームの乗り場に向かってて」

『キング・ドリームって、あのジェットコースターの？　どうして？』

――困った。

返事に迷いながら、まひると星夜を見ると、二人も、あせりで顔が引きつってる。

(あー、どこまで話せばいい？　いろんなエリアでの事故のこと？　それとも、陸くんから聞いた話!?)

(はわわ、どうしよう！　黙ってたけど、危ないことはしてないから言ってもいいかな。あっ、でもそうすると、下心があってハル兄についていったってバレちゃう!?　ねえ、星夜〜)

(どっちかっていうと、着ぐるみを借りたオレのほうがまずいような……)

ああ、話がぜんぜんまとまらない！

どうしよう。これを言ったら、ぜんぶバレるかも。

でも――もし手を借りられるなら。おれたちが助けを借りられるとしたら！

「ハル兄っ！　ジェットコースターが危ないんだ。だれかが、城についてるシンボルのリボンを落としてジェットコースターにぶつけて、事故を起こそうとしてる！」

（朝陽！）

まひると星夜が、ぎょっとする。

電話の向こうも、ウソみたいに静かだ。

『――朝陽、それはスキルを使って知ったの？　ぼくといっしょにいたときに？』

ビクッ
静かで、ブレない声。いつもやさしいハル兄の声じゃないみたいだ。

「……それは」

ゴーッ！

耳をつんざくような大きな音が頭の上から響く。コースを無事走りおえたジェットコースターが、戻ってきた音だ。

そうだ。迷ってる場合じゃない。

今は、行かなくちゃ！

「ごめん、ハル兄。おれ、もう行くから！」

『朝陽、待って！　ぼくは』

ブツッ
通話を切ったスマホをポケットにねじこんで、まひると星夜と坂をかけあがる。
ずらりと人が並んだ列。その先に、ジェットコースターの車体が、わずかに見えた。
乗らせない。
犯人のプランは、おれたちが壊す！

16 犯人を止めろ!

ジェットコースターの乗り場が見えた瞬間、おれは、待機列に思いきりつっこんだ。

「きゃっ!」「なんだ、割りこみか?」

「緊急事態だから、ごめんなさい!」

大声を張りあげながら、人の間をぬう。

星夜はともかく、まひるが少し遅れてる。でも、一人でも早く乗り場についたほうがいい。

「はあっ、はあっ」

息が切れそう。

でも、あと少し——着いた!

「そのコースターの出発、ちょっと待って!」

って、もう全員乗りこんでるー!?

しかも、満員だ。二十……三十人くらい!?

列から飛びだしたおれに、制服の赤いつなぎを着た二人のスタッフが目を丸くする。

「お客様！　並んでいただかないと、困ります。予約のお客様以外は、順番にご案内していますので――」

「違うんです！　おれは、乗りに来たわけじゃなくて――」

どうやってコースターから降りてもらえばいいんだっけ⁉　考えてなかった！

「緊急事態で来たんです」

星夜がスタッフより前に出て、コースターに向けて言った。

「みなさん、コースターから降りてください！　このジェットコースターで事故が起きるかもしれないと、本部から連絡がありました。急いでください！」

（⁉　星夜、本部ってなに⁉）

（適当なウソだ。今は一刻を争う）

星夜は、表情を一ミリも変えずに、心の中でおれに答えた。

（最悪、ＳＮＳにあがっていた動画を見て、ここにも何かあると思って言ってしまったとか、適当にごまかせばいい。言い訳は、オレが何とかする）

（ありがと！）

これで、堂々と呼びかけられる！

あとは、みんなに自分から降りたいと思わせるには――。

コースターの奥にある、演出用のライトをにらむ。

意識を集中して――。

夢野さん、ごめん。二、三個でじゅうぶんだから！

パンッ　パリンッ！

わあっ！

「今、ライトが割れた⁉」「早く降りよう！」

乗客たちが、悲鳴を上げながらコースターから降りはじめる。

手前にいたスタッフも、さっと青い顔でコースターに近よった。

「お客様、一度コースターの外へ。落ちついて降りてください！　今、安全バーを外します！」

「バーで固定されていない人は、先に。急いで、こっちへ！」

まひるが、列を後ろに下がらせて作ったスペースに乗客を呼ぶ。

みんなで手を貸して、乗客をつぎつぎ降ろす。逃げる先ができたからか、あっという間に乗客が地面に降りていく。

コースターの中に半歩足を入れて、最後の一人の男の人に手を貸す。

よし、これで全員──。

「あさひおにいちゃん！」

え。今の声！

さっと見まわすと、順番待ちをしていた列の先頭に、驚いた顔の小さな男の子が立っている。

陸くん⁉

「なんで、ここに⁉」

まひるも、はっとする。

「そういえば、夢野さんとアトラクションに乗る約束をしてた！　でもまさか、一人でここにいるなんて」

「パパ、いそがしくなったから……みんなは、どうしたの？　じこって、なに？」

陸くんが、あたりを、不安そうにキョロキョロ見まわす。

突然のことで、驚いてるよな。

おれは不安にさせないように、ゆっくりと陸くんに近づいていく。

どれくらい伝わるかわからないけど、陸くんには、あとで事情を説明しよう。

この大事故を防げたのは、陸くんのおかげだから。

「だいじょうぶ。もう、事故は防げたよ。いっしょに夢野さんのところに帰ろ――」

「朝陽、ダメだ！」

（その男に近づくな！）

えっ。

頭に響いた星夜の声に、足を止めた瞬間、陸くんの後ろからだれかの手が伸びる。

赤色のそで――。

「制服⁉」

「動くな！」

陸くんを捕まえたスタッフの男が、おれたちをギロリとにらんだ。

怒りに満ちた、いやな目つきだ。

まさか、こいつが、陸くんの言っていたスタッフ⁉

「陸く――」

「動くな！　ここにいる全員を巻きこんで爆破するぞ。おれは爆弾を持ってるんだ！」

「⁉」

爆弾!?

おれは、陸くんの不安そうな視線を受けながら、男の服装を確認する。

あのつなぎ……たしかに、ゆったりしてる。爆弾を入れておくことも、できる？

どうしよう。どうすればいい!?

(朝陽、行け！)

「っ」

今の、星夜の――。

(爆弾は、犯人のハッタリだ。事故の計画がバレてあせって言っただけで、危険なものは何も持ってない。取りおさえれば――勝てる！)

タンッ！

返事の代わりに、犯人に向かってかけだす。

ほんの五歩。すぐだ。

――一歩。

「なっ⁉」

男が驚く――二歩、三歩。

「だから、爆弾がっ……クソッ！」

男が、ウソを見やぶられたと気づいた。

急げ！

――――四歩。

ドンッ！

男が、陸くんをコースターのほうへ突きとばす。

「あぶない！」

横にジャンプし、頭からコースターへ落ちそうになった陸くんを抱きとめて、座席に転がる。

「あさひおにいちゃん、だいじょうぶ!?」

「だ、だいじょうぶ」

いたた。あとちょっとで、頭打つとこだった！　とにかく、早く起きあがって――。

ガコン！

横から、金属のバーに押されて、思わずコースターのイスに座る。

これ――安全バーだ。ジェットコースターの……となりに、陸くんも乗ってる！

ジリリリリ！

乗り場じゅうに、ジェットコースターの発進を知らせる、けたたましいベルが鳴る。

みんなの視線の先で、犯人の男が、コースターの横の運転用パネルについた緑色の発進ボタンを押しこんでいた。

「**こうなったら、おまえらだけでいい。しっかりと、死の恐怖を味わうんだな！**」

「貴様っ！」

星夜が飛びかかろうとする。

けれど、犯人の男はニッと笑うと、運転用パネルからはなれて、出口のほうへかけだした。

「ははは。おれに構ってるヒマなんか、ないだろ⁉」

「くっ！」

ジリリリリ！

響くベルの中、星夜が運転用パネルに飛びついて、真っ赤なボタンを押す。

非常停止ボタン！

その瞬間——。

あたりが、静かになった。

「……止まった？」

シュ——————ッ！

コースターの下から、鋭い音がする。何かが動きだす音だ。

「**……ダメだ。止まらない！**」

「えっ」

不安そうにこっちを向いた二人と、目が合う。

星夜、まひる！

——手を伸ばそうとしたとき、二人が、おれの前から一瞬で消えていった。

17 決死のジェットコースター！

ジェットコースターは、一気に加速した。

――シュウウウウウウウウウウッ！

ふわっ
「あ！」

トンネルを抜けた瞬間、体が宙に浮く感覚がする。

下に、ぐんと行く直前の――落ちる！

ぐいんっ
「ぐっ！」

体が、コースターごと強く下に引っぱられる。

めちゃくちゃ体が重い！

もしかして、おれが日ごろスキルで飛ばしたり引きよせたりしてるのも、こんなかんじ!?

今度から、ニワトリの目覚まし時計も、もうちょっとやさしく引っぱろ。

「わ、わああっ」

子どもの声——そうだ、陸くん！

ぐっと陸くんを引きよせた瞬間、トンネルに入る。うす暗い中で、夢クマのロボットがあちこちで踊り、キラキラと星やハートの光が後ろへ流れていく。

ピリリリリ！

「電話⁉」

ヘッドセットを出して耳につけ、ポケットの中のスマホを適当に操作すると——。

『朝陽、生〜き〜て〜る〜〜〜⁉』

「生きてなかったら、電話、と・れ・て・な・い！」

まひるの声、でか！　でも、コースターの音がうるさいから今は助かる。

「犯人は？　ジェットコースターの上のかざりはどうなった⁉」

今度は、星夜が答えた。

『犯人は、すきをついて逃げた。装飾は、まだ変化なし。ただそれは、コースターが最後の落下に入った瞬間、手元のスイッチで爆破して装飾を直撃させるつもりだからだ』

「……あれを？」

――ビュウウッ
つぶやいた瞬間、コースターがトンネルを抜けて外へ飛びだす。

上を見ると、城についているシンボルのリボンがすぐ近くに見えた。

びっくりするほど大きい。数十キロ、って重さじゃないよな。

『心を読んだから間違いないはずだ。非常停止ボタンは犯人の細工できなかったから、コースターはもう止められないし、犯人を追いかけても間に合わない。他の方法を考えるしかないな』

『でも、時間はないよ。キング・ドリームは、落下ポイントまで五分あるけど、もう三十秒過ぎてる。それに――』

「何、うわっ」

また落下！

グオン　グオンッ
コースターが二回、三回とガクガクしながら下り、今度はドリルみたいにぐるぐる回転する。

『それに、刺激的なコースが続くから、気をつけて』

「気をつけられないって！」

『……朝陽、一人にしてごめん』

まひる……声が震えてる。まひるも、こわいんだ。

「……だいじょうぶ」

不安でいても、しょうがない。

とにかく、三人でこの状況を突破するしかない！

「どうするか考えよう。まひる、時間管理よろしく！」

『まかせて。残り四分。残り三分までに、どうするか決めるよ。まず現状の確認。犯人が落とそうとしてるリボン形の装飾は、パークのシンボルで、縦三メートル、横六メートル。とんでもない大きさだよ。朝陽のスキルはもちろん、人の手じゃ動かせない』

『とすると、落下したらアウトだな。まひる、あの物体の状況は？』

『犯人は、装飾を固定してるボルトのほとんどをゆるめたみたい。最後の一個に爆弾がついてる。それが爆破されたら確実に落下するよ——残り三分三十秒』

もう!?　あー、そんな短い時間で決められない！

「爆弾って、おれのスキルで外せる？　目で見えれば、なんとかできるかも」

『装飾の裏にあるから、無理。やっぱり落下は防げない？　あとはコースターに何かするとか』

「じゃあ、コースターの途中で、陸くんとおれで飛びおりて脱出は？　映画みたいに」

『絶対ダメ！』

『朝陽、そんなことをしたら大事故だ！』

『ジェットコースターのレールをいじるのもダメだからね。あと三分！』

「うっ」

――三分。

背中を冷や汗が、つっと流れる。

何かをするにも時間がいる。もう決めなきゃ。

でも、何ができる？　落下は防げない、コースターからも逃げられない。

他にできることなんて――ある？　スキルじゃ絶対に持てない重さなのに！

ぎゅうっ
陸くんに腰を強くつかまれる。

体が震える。これは……陸くんの震え？

「あさひおにいちゃん、こわいよお！　パパがいないときにジェットコースターにのったの、はじめてなんだ。それに、さっき、このジェットコースターはあぶないって……ううっ……」

「……っ！」

震えを止めたくて、ぎゅっと抱きしめる。

あったかい……そういえば、おれも昔、だれかにこんなふうにしてもらった気がする。

一人ぼっちだったとき、だれかに助けてもらった。

だいじょうぶだって思えるように、支えてくれた人がいた。

ビュウッ！

少し速度を落としていたコースターが、また下りに入って速度を上げる。

そうだ……さっきやったミニゲームみたいに、おれは一人じゃない。

電話ごしだけど、まひるも星夜もいる。陸くんもいる。

みんながいれば、できる！

「まひる、このジェットコースターはまだトンネルを通る？　夢クマがたくさんいるやつ！」

『え？　えーっと……あるよ、二回。ジャングル探検と、お城の舞踏会のシーン！　ジャングル探検ではトラと戦って、舞踏会では巨大なガラスの靴にみんなで入るの。おもしろいでしょ』

「なにそれ!?」

でも、ちょうどいい。ほしいものはたぶん、手に入る。

「まひる、星夜。プランを話すから実現できるかいっしょに考えて。おれじゃわからないから」

ちらっと陸くんを見てから、ヘッドセットに小声で話しかける。

言いたいことをぜんぶ伝えると、静かな声がした。

『できる……かもしれない』

オーケー。それが聞ければ、じゅうぶん。

「陸くん、お願いがあるんだけど、いい？」

「え？」

涙で目をぬらした陸くんが、おれを見上げる。ひとみに、おれが映って……。

思い出した。

抱きしめて、安心させてくれたのは、ハル兄だ。迷子のおれを見つけてくれたとき。

だから。

「**おれが、陸くんを守るよ**」

陸くんをぎゅっと抱きしめる。

……不思議だ。はげましてるのはおれなのに、パワーをもらうことってあるんだな。

「だから、合図するまで目をつむってて。あと、おれが今だって言ったら――」

「……うん、わかった」

陸くんが、そっと目を閉じる。

体の震えも止まってる。おれを、信じてくれたんだ。

絶対、やりきる。

「でも……これ、最後までもつかな」

こんなギリギリまでスキルを使ったこと、さすがにない。

おれの前に、ぽっかりと暗い穴が見えてくる。

残り二つのうちの、一つ目のトンネル。もうここからは、一瞬だって気が抜けない。

考えるのは、あと――できることは、ただ一つ！

『残り二分。トンネル入るよ。まひるナビ、スタート！』

「オーケー！」

コースターが轟音を立てながら、トンネルに飛びこむ。

「『プラン、**開始！**』」

中に飛びこんだ瞬間、トンネルの中にツタがたくさんはったジャングルが広がる。

これが、まひるが言ってたジャングル探検!?　あ、トラもいる。

『手前から。まず、ツタのかざりをぜんぶ集めて。どれも朝陽のスキルで持てるよ。あ、特にトラにからんでるロープはじょうぶそう！』

「了解！」

まず、ツタを集める！

天井からたれさがっているツタを、スキルで引っぱってロープみたいに巻きとる。

よし、うまく巻けた！　これを、コースターにのせて、他のツタも――。

ゴオオッ

十本のツタを手に入れたところで、コースターがトンネルを抜ける。

高い。パレードを見に広場に集まった人たちが小さい。

頭上には、あの輝くリボンが見える。

まずは一つ目の対策――落下を遅らせる！

スキルでツタを持ちあげ、リボン形の装飾ごと、お城の塔にぐるぐると巻きつける。

しっかりからまるほど、リボンもがっちり固定されていく。

二重、三重……四重。

これで、もし落下しても、タイミングを少しは遅らせられるはず！

『朝陽、一本じゃダメ。他のツタもぜんぶ使って！』

「わかってる！」

でもこれ、かなりきつい！　あのツタ、スキルで持てるギリギリなんだけど。

「しかも、ジェットコースターだから、視界がめっちゃ揺れる！」

だけど、これで十本目。巻きつけて、リボンの前で結んで……。

「できた！」

『残り一分！』

ゴオオオッ
次のトンネル！

コースターがまた暗闇に突っこむ。今度は、きらびやかな舞踏会だ。

次は、ここで仲間を集める。リボンにぶつけて、落下ポイントをずらすための仲間！

『上品なドレスのピンククマ、袴の黄色クマ、グレーのスーツの黒クマはいける！』

「黒のスーツの青クマと、赤いドレスの赤クマも持てそう！」

ぐっ……

「こっちも……重い！」

スキルで持ちあげられる人形をとにかくかき集めて、コースターの足元につめる。

だいぶ、にぎやかになったな。おれと陸くんだけで、さびしかったから――。

「……あとは、最後のチャレンジ」

人形を使ってリボンの落下ポイントをずらす、大勝負。

『三十秒』

ガタン！

ひたいに浮かんだ汗を、手の甲でぬぐったとき、進むコースターの先に、白い光が見えてくる。

最後の落下地点――巨大なリボンとの、衝突地点だ。

「あさひおにいちゃん、まだ？」

横から聞こえた小さな声に、おれは手をにぎって答えた。

「もうすぐだよ。さっき言ったこと、覚えてる？」

「うん！　まほうのじゅもんをいうんだよね」

ガタガタガタガタ！

コースターが光に向かっていく。耳元で、まひるの張りつめた声が聞こえた。

『朝陽、リボンの一点をねらって。それが、一番確率が高いから』

「まひるの予想、当てにしてだいじょうぶ？　カップは倒れなかったけど」

『もう！　……くすっ、でも、そうかも。とにかく、朝陽の運動神経と直感を信じてる！　カウントダウンするよ。十、九、八、七、六、五！』

　いよいよだ。ここで、おれと陸くんの運命が決まる。

「『四、三』」

「あ！　コースターがトンネルから外に出たら、お客さんから丸見えじゃん！」

　スキルを使うところを何千人に見られる、最悪コース!?

『朝陽、だいじょうぶだ——全力でやれ！』

　星夜の声。聞いた瞬間、心が落ちつく。

『二、一』

　絶対、無事に帰る！

「今だ！」

「たすけて、ゆめクマ！」

　陸くんの声が聞こえた、そのとき。

　——フッ

トンネルから外に出たコースターが、白い煙に包まれる。
落下地点の煙演出！
量が増えてる。見られないように、星夜が運転用パネルで操作してくれたんだ。

ドーン、ドドーン

ドンッ！

空に、大輪の花火がいくつも上がった瞬間、リボンの根本で大きな火花が起きた。
爆発した。リボンが——落ちる！

ガコンッ！

リボンが塔から外れて、さっき巻きつけたツタに、ぐっと重さがかかる。
頼む。このまま——

ブチブチブチブチッ！

鈍い音を立てながら、ツタがあっという間に切れていく。
やっぱり耐えられなかった！　でも、落下は少し遅れた。

——ヒュッ

何メートルも上から、巨大なリボンが落ちてくる。当たったら死ぬ重さ——。

ぞわっ
心が無になる。けど、スキルをコントロールしようと、手が勝手に動いた。
クマの仲間で、リボンの落ちる位置をずらす。
行け！
「っ」
ヒュヒュヒュヒュヒュヒュヒュッ！
クマたちが一つずつ、リボンに向かって飛ぶ。
リボンの右に当てる。回転――しない。
また右。右、右右。とにかく一か所をねらう！
ゴゴゴゴゴン！
クマがリボンに当たる音がする。でも、とぎれさせない――落下位置がずれるまで！
「ぐっ！」
回転しながら、リボンのかざりがせまってくる。
落下位置、ずれた？　十センチ、五十センチは――。
ダメだ。まだ足りない。だけど、もうクマがない！

『『朝陽！』』

全身がぞわぞわと震える。体の中から、力があふれるみたいに――。

リボンを横から押す。スキルに、すべての力を込める。

あと、少しでいい。

おれががんばれるのは、おれを大事に思って、支えてくれる人がいるから。

今は、おれがそんな人になって、陸くんを守る。

そして――まひる、星夜、ハル兄。みんなのところに帰るんだ！

ドンッ！

リボンが、ぐらっと横に揺れる。

あとっ、少し——！

フッ——

と、何かを押しきった感触が、指先に広がる。

——ずれた！

ゴオオオオオオッ

「っ！」

おれと陸くんがしがみついたコースターが、一気に垂直のレールをかけおりる。コースターが猛スピードで下りを走りぬけた瞬間、レールの横すれすれにリボンの装飾が激突した。

ガシャンッ!!

砕ける音に、すっと身がすくむ。でも、耳をふさぐほどの元気も、もうない。

……………はあああっ。

「終わった……」

ぐったりと安全バーにもたれかかると、横で陸くんが歓声を上げた。

「やったあ！　ぼく、ひとりでジェットコースターにのれたよ。あ、ひとりじゃなくて、あさひおにいちゃんとだけど……おにいちゃん、だいじょうぶ？　どこかいたい⁉」

「ううん……だいじょうぶ。ちょっと、つかれただけ」

なんか、体が……どっと重い。

こんなに疲れたことない。もう、おなかが空いた状態を通りこしてる。

とにかく、まずは陸くんを降ろしてあげないと。

コースターが止まって安全バーが外れてから、ゆっくりと立ちあがる。

陸くんを、コースターから降り場に立たせたとき、ガクッと足の力が抜けた。

あ、マズい。

後ろに倒れてるってわかってるのに、どうやっても踏んばれない。

スキルを使いすぎた、ってこと？　このまま後ろに行ったら――頭をぶつける。

せっかく、あの大ピンチから無事に戻ったのに、ここでケガしたらちょっとはずかしいな。

「おにいちゃん！」

叫ぶ陸くんの姿が、ぼんやりしながら遠ざかる。

そのまま、おれはそっと目を閉じた。

18 とどいた手

……さひ

あさひ……朝陽

「朝陽、しっかりして！」

「……え？」

だれだろう。だれかが、大声で呼んでる。

どこも痛くない。後ろに倒れる前に、この人が腕をつかんで支えてくれたんだ。

がんばって開いた目に、顔がぼんやりと映る。

後ろの結び目がくずれて、髪が少し顔にかかってる。

心配そうな二つのひとみ。

深い色の……。

「ハル兄!?」

「朝陽、これ、飲める？」

飲みたい！

目の前にさしだされたストローに、ぱくっと食いつく。

こくっ、こくっ
うわっ。あまくて、おいしい。

これ……ジュース？

「よかった。朝陽が好きそうなオレンジジュースにしたんだけど、どう？」

「ぷはっ、ありがと！　はー、やっぱジュースの王様はオレンジジュース……じゃなくて！

なんで、ハル兄がここに⁉」

「朝陽が、ジェットコースターがあぶないって教えてくれたでしょ？　それから、すぐにかけつけたんだ」

ハル兄は、驚くおれの手を引いて、コースターの中で立たせた。

「何が起きているのか、よくわからなかったけど、朝陽たちが何かをしようとしてることはわかった。そのために、スキルを使うだろうってこともね」

ぎくっ
「いったいどんな無茶をするかは予想できなかったけど、だれかが動けなくなるかもしれないと思って、栄養補給にジュースを買ってきたんだ。ぼくの予想は、大体当たってる？」

「う、うん。ありがと、ハル兄」

ハル兄の助けを借りながらコースターから降りて、降り場にやっと両足をつける。

……地面だ！

あー、この感触でこんなに安心したの初めて！　もう、スリルはしばらくいいかも——。

ぎゅっ
「いっ！」

つないだままの手を、ハル兄がしっかりにぎる。

おそるおそる顔を上げると、いつもより圧のある笑顔が、おれを見おろしていた。

え、あれ？　ハル兄!?

「それで、朝陽。どういうことなのか、ぜんぶ説明してくれるかな？　そこのぐちゃぐちゃになってるリボンの装飾についても……」

「まって、おにいちゃん！」

ハル兄の手に、陸くんが飛びついた。

「あさひおにいちゃんを、おこらないで。おにいちゃんは、わるいひとから、ぼくをたすけてくれたんだ！」

「えっ」

「朝陽ー、陸くーん！」

ハル兄が動きを止めた瞬間、出口から全力で走る大きな足音が響きわたった。

まひる、星夜！

二人は、おれたちのところまで来ると、ハル兄を見て驚いた。

「ハル兄、どうしてここに!?」

「あっ、しかも朝陽だけ、オレンジジュース飲んでる！　ずる〜い！」

（まひる、ツッコむところ、そこ!?　まあ、果汁百％で、めっちゃおいしかったけど）

（さっきの電話だけでここまで予想したのか。さすが、ハル兄だな）

（ホントホントー——はっ！　ハル兄に感心してる場合じゃないの。それより、逃げた真犯人を捕まえないと！）

そうだ。

おれと陸くんをジェットコースターに押しこんで、発進させたあいつがまだいる！

まひるが、パチパチとウインクした。

（もちろん、スキルで追ってる。朝陽をナビしながら追いかけるの、大変だったんだから）

（そんなはなれ技、やってたの⁉）

まひる、すごすぎ。おれにもその頭、分けてほしい！

（犯人は今、SNSに動画を上げてた男と合流して、いっしょに逃げようとしてる。たぶん、事故が明るみに出る前に、パレードの人ごみにまぎれて逃げるつもりだよ）

（じゃあ、二人を捕まえるなら、今？）

この大勢にまぎれて逃げられたら困る。

おれと陸くんを、そして、このパークに来たたくさんの人をキケンな目にあわせたんだから！

「みんな？」

ハル兄が首をかしげると、肩に下がっていた紙袋が、ガサッと音を立てた。

あの紙袋って、さっきまひるが買ってたおみやげ？

そういえば、いろんなもの買ってたっけ。下敷きに、パーカーに——。

最後のプランに、ぴったりかも！

おれは紙袋をハル兄から受けとると、くりると向きを変えた。

「ハル兄。まひるの買い物袋、持っててくれてありがと。言い訳は、あとで星夜がするから」

「えっ、みんな？　どこに行くの⁉」

「「「ちょっと、パレードへ！」」」

テーマパークのお楽しみ、その最後の仕上げをしに。

三人で、出口から外に飛びだすと、空はもうだんだんと暗くなりはじめていた。

神スキル、全力全開——いよいよ、犯人逮捕の幕開けだ。

19 一度きりのドリーム・パレード！

ドドン、ドドーン！

大きな音が、あたりに響く。暗い空に咲くのは、まばゆい打ち上げ花火だ。

光る衣装をまとったきらびやかなキャストたちに、たくさんの人が目を輝かせている。

その間を、二人の男が汗まみれになって走っていた。

一人は白いパーカー。もう一人は、キング・ドリームの制服である赤いつなぎ姿だ。

「おい、本当に金はもらえるんだよな？　最後の撮影をミスしたのはオレのせいじゃねえぞ」

白いパーカーの男が言った。

「うるさい。黙って走れ！」

「おい、こっちだ！」

向かう先から少し太った中年の男が手をあげると、つなぎの制服の男は、あわてて近づいた。

「社長！　すみません、邪魔が入ってこんなことに……」

「さっきのあれは、なんだ。本当に事故は起きたのか？　ジェットコースターに当たるタイミングで爆発させたんだろうな!?」

「はい。少なくとも乗ってたガキたちは……うまくいったはずです」

赤いつなぎの男が笑うと、社長と呼ばれた中年の男も、がははと声をあげた。

「このテーマパークも今日で終わりだな。よし、行くぞ。車ですぐ逃げれば間に合う――」

そのとき、まひるがささやいた。

「あ、車はオススメしないよ。この時間は、もう駐車場が混雑しはじめてるの。残念でした！」

「なにっ!?」

太った中年の男と、つなぎの男が、まわりに目を走らせるが、パレードに夢中の観客にまぎれたまひるは、見つけられない。

もちろん、人ごみの中で待機してる、おれと星夜も。

ドドン！

夜空に、また花火があがる。パレードは、あと少しで最高潮だ。

――ここで、犯人を捕まえる。

三人同時に、クマの耳がついたパーカーのフードを深くかぶる。ドリーム・ワンダーランドで人気の夢クマパーカー。これを着れば、どこにでもいる来園客だ。

さあ、最後のパレードだ。あの三人にも踊ってもらう！

（朝陽、来るよ。空！）

ドドン　ドン！

スキルで視たまひるの報告どおり、豪華な花火のかげから、キラキラと輝く光が飛んでくる。

ライトを光らせ、花吹雪をまきながらやってきたのは、いくつものドローンだ。

夢のような光景に、観客から歓声が上がる。

「流れ星みたーい」「こっちにも来てー！」

そう、おれのところにも！

くいっ
そのうちの一つを、スキルで引っぱって空中でたぐりよせる。

美しくきらめきながら飛んできたドローンは、パレードと観客の上を一回りしたあと、男たちの上で止まった。

「え」

ブワアアアアッ！

まきちらされていた花びらが一か所に降りしきり、あっという間に、三人の男たちが白い花びらに埋もれていく。

パレードの出し物、一つ目。どっさり花吹雪！

「うわあっ、なんでオレたちに⁉」「どうして、ここにだけ、ごほっ！」

三人の男たちが、無理やり人をかきわけて、逃げるようにパレードの通路に飛びだす。

次は、こいつ。

「行ってこい！」

ひょーん
おれが持っていた夢クマのぬいぐるみが、三人の男の前に飛びだした。

「ぬいぐるみが、動いた⁉」

そう。パレードの出し物、二つ目。夢クマの歓迎！

あとは、クマにつけておいた、最大音量のヘッドセットごしに――。

『よくも～～～リボンを～～～落～と～し～た～な～～～～～！』

「しゃ、しゃべったあああ～～～！」

三人の男が逃げるようにパレードの道を逆走しはじめる。

逃がさない！

おれもすぐに、夢クマに後を追わせる。

って、これ、走らせるのむずかしいって。右、左、右、左っ。

「わあっ、すごい！」「パレードでは、ぬいぐるみも動くの⁉」

（わたしの夢クマちゃんが、動いてる〜。朝陽、それ、家でもやって！）

（おやつゆずってくれるなら、考える！）

「う、うわあ、来るな！」

「もしかして、さっきのジェットコースターで死んだ子どもの幽霊がのりうつった⁉」

さてと、どうだろ？　よし、行け！

大きくジャンプした夢クマに飛びつかれたパーカーの男は、地面にバタンと倒れた。

「うわああ、の、呪われる……」

びっくりしすぎじゃない？　これより、ハル兄のお化け屋敷のほうが百倍こわいのに。

（残りの二人が逃げてる——星夜！）

（……仕方ないな）

トンッ

星夜が、お客さんの列からパレードの道に飛びだすと、二人の男の前に立ちはだかる。

フードで顔は見えないものの、男二人はその迫力に足を止めた。

「ぐっ……どけ！」

つなぎの男が、星夜に飛びかかる。

星夜！

「——いやだね」

ドンッ
星夜が、男の右パンチをきれいに受けながす。

左パンチ、左キック、まわしげり——。

男の攻撃は、どんなものも当たらない。まるで、どこに来るか知ってるような流れる動きに、わっと歓声が上がる。

「すごーい！　タイミング、ぴったり！」「あれ、演出なのかな!?」

「うるせえ！　こっちは本気で——」

「よそ見したな」

男の手を星夜がつかんで、軽くひねると、男が地面にひっくり返る。

そのすきをねらって、もう一人の少し太った男が星夜になぐりかかった。

「このっ！」

じゃあ、予定をくり上げて、出し物三つ目。おみやげ攻撃！

まひるが買ったボールペンを、スキルでヒュッと飛ばして、星夜に向かうこぶしに投げつける。

「いてえっ！」

ふらついた男の右足の下に下敷きを差しこみ、ぐっと引っぱると、男がぐらりとかたむく。

そして、なんとかバランスを取ろうとした左足の下にも、ぷにぷにのボールを入れる。

夢クマ版、ミニバランスボール！

「わああっ！」

ドシーン！

大きく尻もちをついた男のまわりに、キラキラと星の演出が散らばった。

あーあ、せっかくの星のキラキラがぜんぜん似合ってないな。

「あいててて……この、なんでオレがこんな目に」

「それは、ぜんぶ自分で招いたことだろ。大事にするべきものを、間違えたんだ」

星夜が冷たくそう言ったとき、まひるが空を指さす。

（朝陽。リボンのドローン、ちょうど来たよ）

ほんとだ。

空の向こうから、二台のドローンが七色の立派なリボンをぶら下げて飛んでくる。

あとは、最後の仕上げだ。

それぞれ一本のリボンをつりさげている二つのドローンをスキルで高速回転させると、二人の男をしばるように、リボンがぐるぐる巻きになっていく。

「わっ、なんだ」「どうして、リボンが、がふっ！」

あとは、花火に合わせて——。

「よっ」

パレード最後のスポットライトを二つ借りて少しだけ動かすと、リボンが巻かれた二人の男に強い光が当たる。

犯人、逮捕！

その瞬間、フィナーレの花火が、空に大きく打ちあがった。

ドドーン、ドドドーン！

「完成、犯人のリボン巻き！」

（まあ、こんなところでいいんじゃないか？）

パレードの通路から戻ってきた星夜が、心の中で、おれに言う。

お客さんたちは、今日限定のスペシャル演出に、みんな、パチパチと拍手を送っている。

暗い人ごみに戻った星夜に、注目する人もいない。

「夢クマちゃんが悪役退治!?」「すごい演出だね。ガイドブックにはのってなかったよ～」

「お客様は、道をあけてください」「警備員が通ります！」

あ、スタッフさんだ。おれたちも退散しないと。

（そうだね）

まひるの心の声が頭に響く。いつの間にか、まひるもすぐそばまで来ていた。

そう。おれたちのプランは、ここでおしまい――もう、やるべきことはやったから。

あとは、きっとだいじょうぶ。

おれたちは三人並んで、パレードの人の波のさらに深くへ、そっと消えた。

＊　＊　＊

「夢野さん、こちらです！」

他のスタッフに連れられて、パレードの人ごみの中をかきわけるように走る。

もう、今日一日いそがしすぎて、足が棒になりそうだ。

でも、それより大事なものがある。

ぼくにとって一番大事なのは、パークよりなにより――。

「陸！」

人垣がぽっかりあいた場所に飛びこむと、取りかこんだ人たちの先頭に、驚いた顔の陸が立っていた。横にいるのは、若月さんだ。

「陸！」

「パパ！」

こちらに気づいた陸が、パッと輝くような笑顔になって、飛びついてくる。

ジェットコースターの事故に巻きこまれたと聞いてたけど、ケガ一つない。

「……よかった」

じわっと涙があふれてくるけれど、ここは陸を安心させたい。

ぼくは、なんとか涙を引っこめて、若月さんに頭を下げた。

「若月さん、ありがとうございます。陸を守ってくださって」

「いえ、ぼくは陸くんを保護しただけです。陸くんを守ったのは、別の人ですよ」

「別の人？」

「おまえのせいだぞ！　捕まらないって言っただろ⁉」

「黙れ。ほいほい金につられたくせに！」

大声に人ごみの中心を見ると、警備員に取りおさえられた男三人が、地面に転がっている。

一人は白いパーカーの男。もう一人は、赤色のつなぎの制服を着た男。

最後の一人の顔を見て、ぼくは、あっと口を開けた。

「あなたは、古川遊園地の社長さん！　なんで、あなたがここに……」

「なんで⁉　おまえに、遊園地をつぶされたからだ。うちは、ドリーム・ワンダーランドができて、二か月でつぶれたんだぞ！」

「そんな。それを見こして、改装のアイディアやコラボレーションも提案したじゃないですか。なのに、くだらないと追いかえしたのは、あなたのほうで」

「当然だ！　こっちは歴史があるんだぞ。しかも、仕事を失った社員を雇いやがって――」

「それこそ、当然じゃないですか。ぼくは、みんなの夢を守りたい。だから、古川遊園地の社員さんも喜んで採用したんです。こんなふうに悪用されるとは思っていませんでしたけど……」

悲しみで、胸がいっぱいだ。なぜ、こんな、人の気持ちをふみにじるようなことを？

……それでも、ぼくは負けない。

ぼくには、たくさんの信頼できるスタッフと、そして陸がいる！

「何をされても、ぼくはここで、スタッフとパークの夢を守っていきます。みんなの笑顔と夢を守ることが、何より、ぼくの力になるから！」

「くっ」

くやしそうな顔をした社長を先頭に、三人が警備員に連れられていく。

その背中を見おくったぼくに、若月さんがそっと声をかけた。

「夢野さん、気に病まないでください。あなたがパークを作るために努力してきたことは、みんな知っていますから」

「……ありがとうございます」

若月さんが、画面の割れたスマホをぼくに差しだした。

「これは、さっき拾った犯人のスマホです。データを消される前に、警察に渡してください」

「はい！　若月さん、ありがとうございます。何から何まで」

「どういたしまして。じゃあ、ぼくは、三人を迎えに行かないと」

若月さんが、さっと人ごみに消えていくと、陸がぽつりと言った。

「いっちゃったね」

「そうだなあ……」

なんだか、鮮やかすぎて、こっちが夢を見ていたみたいな気持ちだ。

「そういえば、陸。よくジェットコースターでケガしなかったな。いったい、何があったの？」

「ううん……ぼくも、よくわからないんだけど。あさひおにいちゃんが、いっしょにのってくれたの！　それでね、きっとパークのゆめクマがたすけてくれるよっておしえてくれて」

陸が、興奮しながらぴょんぴょんと跳びはねた。

「それでね、あさひおにいちゃんといっしょに、ゆめクマに、たすけてっておねがいしたんだ！　そうしたら、さいごまですべれたんだよ。すごいでしょ？」

「そうかあ。それは、よかったな」

……う〜ん。さすがに、陸の話だけじゃ、よくわからないかあ。

とにかく、朝陽くんたちには、改めてお礼をしないと。

「……パパ、クマさんがたすけてくれたって、しんじてくれないの？」

「うう、パパも信じてあげたいけど……」

「しんじてあげないと、かわいそうだよ。だって、ドリーム・ワンダーランドは、パパがつくったんだから」

「……そうだな」

陸の頭をポンポンとなでて、シンボルの城を振りかえる。

リボンの装飾が外れてさみしい見た目になっている。ジェットコースターの修理も大仕事だ。

「でも、がんばるぞー！」

自分の大切なもののために、信じるもののために。

そう思えば、何度だってがんばれる。

だから、今はこの気持ちを伝えよう。

ぼくと陸の、たくさんの人の夢を守ってくれただれかに。

「……ありがとう！」

20 限定クッキーは思い出の味☆

その日の夜は、いい夢を見て、朝までぐっすり眠れた。

ほんとのところ、スキルの使いすぎで、家に帰ってきた記憶もあいまいだったくらいだ。

次の日の日曜日、朝ごはんのあと、おれたちは、すぐ星夜の部屋に集まった。

昨日の事件がどうなったか、こっそり確認するためだ。

「ケガ人は出なかったけど、さすがに大きな事件になったな」

星夜がテーブルの上に置いたスマホを、おれは、まひるとのぞきこむ。


〈ドリーム・ワンダーランド施設事故　容疑者三名を逮捕〉

スタッフの三十三歳の男は、装飾が落下するよう細工した疑い、五十歳の元テーマパーク会社社長は、資金面で協力した疑いで逮捕された。二人は、事故発生当日、金でやとった闇バイトなどを使い、施設全体の営業を妨害した、威力業務妨害の疑いも持たれており――。

「『えっと、なになに？　今回故障したアトラクションについて、オーナーの夢野氏は「より魅力あふれる最高のアトラクションにします。期待してお待ちください」とコメント』だって！」

「ふうん。夢野さん、思ってたより元気そう？　おれたちがんばったかいがあったかも！」

「そうだな。幸い、ケガ人は一人も出なかった。一番危なかったのは陸くんと……」

星夜の声が、かすれて消える。

？　急に黙りこんで、どうしたんだろ。

「星夜、どうかした？」

「……いや、何も」

星夜が、いつもの落ちついた顔で、首を横に振った。

「とにかく、とんでもない思い出になったな。でも、だれにも被害が出なくてよかった」

「ちょっと待って！　わたしは大きな被害を受けたんだけど⁉」

まひるが、テーブルをたたいて、おれと星夜の間に割って入った。

「わたしがおこづかいをつぎこんだグッズ、朝陽が犯人を捕まえるために使っちゃったでしょ？　パーカー以外で残ってたのは、手鏡だけ。も〜、さすがにひどすぎ！」

「うっ。でも、おれと星夜もお金を出して、ちょっと弁償したじゃん」

それに、星夜がキーホルダーだってくれたしさ。

「そうだけど〜。はあ、ドリーム・ワンダーランドは楽しかったし、犯人も捕まえたけど、心残りもいっぱい！　それなのに、次はいつ行けるかわからないなんて……星夜、なんとかして〜」

「無茶言うな。だいたい、キング・ドリームの改装に合わせてバージョンアップもするみたいだから、とても予約が取れるレベルじゃ……そんなことより、問題はハル兄だ」

コンコン
「三人とも」

「「「ひっ」」」

は、ハル兄！　いつの間に部屋の前に？　ぜんぜん気づかなかった！

同じように悲鳴を飲みこんだまひると星夜と、顔を見あわせる。

おれたちの、今の一番の問題――それは、ハル兄。

じつは、ドリーム・ワンダーランドから帰ってきてから、ハル兄が怒ってる気がする！

あのパレードのあと、パークはすぐ閉園することになり、おれたちも急いでパークを後にした。

帰りの車も、もちろんハル兄の運転で、大変――だったかどうかすら、よく覚えてない。

家に着いてからも、おれたちは疲れでぼんやりしたまま、お風呂に入ってすぐに寝た。

次の日、つまり今日の朝。おれたちが起きたときには、ハル兄はもう出かけていた。

メッセージもメモも、なし。

しかも、いつもより朝食が一品少なくて……。

「みんな、ちょっとリビングに来て。大事な話があるんだ」

ごくり
……やっぱり!?

おれたちは、暗い顔で部屋を出て、リビングに向かう。

ドアを開けて中に入ると、ハル兄がテーブルに座っていた。

おれたちも静かにイスに座りながら――。

こういうときは、先手必勝!

「ハル兄、昨日は本当にごめん――」

「ほら、みんな見て。プレゼントがあるんだ!」

え?

テーブルの上に、ハル兄が段ボールをのせる。ハル兄でも両手で抱えるくらい大きな箱だ。

フタには伝票も何もない。ガムテープすら、はられてない。

「さっき、急いで取りに行ってきたんだ。昨日会った、夢野さんからだよ」

「夢野さん⁉」

なんで、夢野さんから？　しかも、こんなに大きな箱を？

「開けてみて」

「……うん」

ぐっと息をのむと、段ボールのフタを開く。

すぐに見えたのは、ドリーム・ワンダーランドの大きな紙袋だ。

これ、まひるがおみやげ屋さんでもらったものと同じ？　もう一回り大きい気がするけど――。

「きゃ〜っ！」

紙袋の下から、まひるがすばやく何かをつかみとる。

かざりがチャリッと音を立てる。夢クマがプリントされたボールペンだ！

「これ、パレードでなくした下敷き！　ぷにぷにボールに、あっ、お金が足りなくてあきらめた、夢クマちゃんのワンピースもある〜」

「まひる、待って。下にも何かある！」

三人で協力しておみやげをぜんぶ取りだすと、底に大きな箱が見えてくる。

〈ドリーム・ワンダーランド　特製　キング・クッキー〉

「「「クッキーだ！」」」

しかも、あの一日十個限定の、超特大クッキー。

何回パークに行っても、買える気がしないやつ！

「どういうこと⁉」

驚くおれたちを見て、ハル兄が、にこっと笑った。

「朝陽は、陸くんを守ろうといっしょにジェットコースターに乗ったでしょ？　まひるも星夜も、いっしょに陸くんを助けようとしていたと聞いて、夢野さんが用意してくださったんだ」

まひるが、びっくりする。

「え⁉　でも、わたし、何を買ったかなんて、夢野さんに言ってないのに」

「それは、ぼくが覚えてたんだ。ついでに、お願いして手配してもらった」

「じゃあ、朝からハル兄がいなかったのって……」

「うん。昨日の夜に連絡をもらってね。夢野さんは、宅配便で送ると言っていたんだけど、みんなのために早く受けとりたくて、車で行ってきたんだ。一番すごいプレゼントが下にあるよ」

「これ以上すごいプレゼント？　そんなもの、もうないと思うけど」

「あ、この封筒じゃない？　星夜、開けて開けて」

「お礼の手紙と……カード？」

封筒から何かを取りだした星夜の手が、突然きらりと光った。

――金色だ。


「わあっ！」

びっくりしすぎて、声が出る。

笑顔のクマとランドのロゴが入った、金色のカード。

「こ、これ……」

〈ドリーム・ワンダーランド　永久パスポート〉

何度もドリーム・ワンダーランドに行ける、特別な入場券!?

カードを持った星夜も、目を丸くしている。まひるは、震える手でカードにふれた。

「こ、こんなのあったの〜〜〜!?　どんなガイドブックでも見たことないよ。あ、何か書いてある。KAMIKI　MAHIRU……名前入りだ！」

「KAMIKI　SEIYA。本当だ……これも、ハル兄が？」

「ううん。夢野さんの気持ちじゃないかな。陸くんは、夢野さんにとって、何より大事な宝物だろうから――ぼくにとっての、みんなみたいにね」

「ハル兄……」

ハル兄が、おれたちを見て、ほがらかに笑う。

ありがとう。

おれたちとドリーム・ワンダーランドに行ってくれて。

いつも、思い出を作ってくれて！

胸があったかくなる。おれは、自分のカードを受けとると、テーブルに身を乗りだした。

「星夜、まひる、クッキー開けよう。おれ、すぐ食べたい！」

「そうだな。せっかくだし、開けてみるか」

「待って～。わたし、写真撮る！　まずは開ける前と、開けてからと！」

まひるが、バタバタとスマホを構えて、星夜は丁寧に包装紙をはがしはじめる。

横から見ていたおれに、ハル兄が近づいて、そっと言った。

「そういえば、朝陽、スキルをどれくらい使ったの？　かなりぐったりしてたよね」

ドキィッ

「え、あ、あ、それは」

「しかも、ぼくの話を最後まで聞く前に、一方的に電話を切ったよね。少し悲しかったなあ」

「うっ！」

だって、あのときはめちゃくちゃあせってたし、時間がなかったし。

でも、たしかによくなかった。

もしかして、げっそりするくらい怒られる!?

「ええっと、おれたち、いつもハル兄の話をちゃんと聞いてるよ？　スキルも危ないことには使ってないし、むしろ危ないことを防ぐためで！　あのときは、ああするしかなくて——」

「ははっ。そんなにあわてなくていいよ」

電話の続きを伝えたかっただけだから、とハル兄が言った。

「ぼくは、朝陽たちを信じるよ、って言いたかったんだ。だから、あそこに行った。それだけ」

……ハル兄！

やっぱり、ハル兄は最高！

「ハル兄、ありがと——」

「で・も！　……あぶないことにスキルは使わないでね？　まさかとは思うけど、他にも——」

あーあー！　ダメダメダメダメ、それは絶対スキル使用禁止になる！

「それは、えっと、えーっと」

「**朝陽、たいへん〜〜〜！**」

うるさっ！

「まひる。せっかくおいしいクッキーを食べるとこなんだから」

「そのクッキーが……超特大クッキーが、ぜんぶ真っ二つになってるー！」

「ええっ⁉」

まひるが抱えた箱に飛びついて、中をのぞく。

チョコ味も、バター味も、メープル味も、チョコチップ味も。

顔くらい大きな超特大クッキーが、ウソみたいに真っ二つに割れてる！

まひるが、床にくずおれた。

「ああ〜、せっかくのクッキーが！　絶対に割れないように包んであるはずなのに〜」

「どうしてだ？　ここまで、ただハル兄が運んできただけ……」

あっ！

おれたちがそろーっと振りむくと、ハル兄がめずらしく困ったようにほおをかいた。

「たしかに急いでいたから……ちょっと揺れちゃったかも？」

「ハル兄〜〜〜！」

おれたちも約束を守れるようにがんばるから、ハル兄は安全運転をがんばって！

「とにかく、食べよ。半分でも味は同じ。わたし、メープルクッキー！」

「おれは、チョコチップ。星夜も、ほら、ハル兄も」

星夜がゴマしょうゆクッキー、ハル兄がくるみクッキーをとると、四人でテーブルをかこむ。

顔にかざして、もう食べる準備はカンペキ！

「じゃあっ」

「「「いただきまーす！」」」

ぱくっ
「んんっ！」

ザクザクする！　かむほど、カリッとしたチョコチップが、どんどん出てきて……。

しかも、食べても食べてもなくならない。

二つに割れてても、最高においしい。最強クッキーかも！

「「「神うま！」」」

KAMIKI MAHIRU

ハル兄も、笑顔で口をもぐもぐさせた。

「うん、おいしいね。ドリーム・ワンダーランドの思い出が、一気にあまくておいしくなった気がする」

「わたしも。ねえ、今度行くときは、駐車場からプランを練らない？　目指せ、アトラクション全制覇！」

「いいな。オレも、またあのお化け屋敷にチャレンジしたいし」

「ふふっ、そうだね。だれよりも早い最短経路を考えて――」

三人がクッキーを食べながら、新しいプランの話で盛りあがる。

おれも、四人で何回だって行きたい。

何度も行くたびに、おれたちは、そのときの最高の思い出を。

また新しい思い出を重ねていけるんだ。

真っ二つになったクッキーに勢いよくかぶりつきながら、おれは、スキルで浮かせた金色のカードをくるりと宙で回した。

一件落着!!!

ざくざくばりばり

「ふふふっ。信じられないくらいツイてる。お盆と正月とクリスマスとバレンタインとハロウィンがいっしょに来たみたい！」

「まひる。それはいっぺんに来すぎじゃないか？　それに、お盆は来てもうれしくないし……」

「おれも、夏休みのほうがうれしい！　もうすぐだよね。あー、好きなだけ友だちと遊んだり、ゲームしたりマンガ読んだり、ゴロゴロゴロゴロゴロゴロできる！」

「朝陽は、ゴロゴロしすぎじゃないか？　宿題は、まひるを見ならって早めに——」

「あー！　わたし、大事なこと忘れてた！」

七巻に続く!!!

あとがき

こんにちは、大空なつきです。

この本を手に取ってくれて、ありがとうございます。

今回の『神スキル!!!』は、ハル兄といっしょに行く大人気テーマパーク！

最新型のアトラクションを大まんきつして家族の思い出を作るはずが、パークをねらう犯人を目撃した迷子に遭遇!?

キケンな事故の先にしくまれた罠に、朝陽たちもハル兄も（?）、大変なことになりました。

いろんな人のやさしい想いがつながって、自分の力になっている。朝陽も、ギリギリの大事件を乗りこえることで、ハル兄からもらっている強さを、いつも以上に感じたんじゃないかな？

そんなふうにお互いに力になりながら、何度でも思い出を作っていけたら素敵ですね！

それではお待ちかね。

ここからは、『神木三きょうだいにヒミツの大質問!!!』のコーナー！

このコーナーでは特別に、三人のヒミツをドンドン教えていっちゃいます。前回は、星夜に好きな・苦手な食べものを教えてもらいました。（星夜のキケンな料理から逃げられてよかった！）

今回は、な・ん・と！　本編で大暴走、ゴホン、大活やくしたハル兄に質問しちゃいます。

ずばり、『一番の得意料理はなんですか？』

「うーん、なんだろう？　和食に洋食、中華にお菓子、どれもみんな喜んでくれるから……やっぱりオムライスかな。ケチャップライスの上にのせた卵をナイフでスーッと切ると、とろとろの卵が広がって輝くオムライスになるんだ。その上に、特製のデミグラスソースをかけて……」

ええっ。それ、高級レストランで出てくるオムライスじゃない？　聞いただけでおいしそう！

「あ、それか、手ごねハンバーグかも。しっかりいためた玉ねぎにパン、かくし味のみそが決め手だね。あせらずじっくり焼いたら、ジュワッと肉汁が出てくる巨大ハンバーグのできあがり！」

ええ〜、それも絶対おいしそう。だめ、これ以上聞いたら、お腹がすいてきちゃう！

「そういえば、この前作った神木家ラーメンも喜んでもらえたかな。にんじんにネギにもやし、他にもたっぷり新鮮な野菜を入れた醤油ラーメンなんだよ。手作りの麺に、卵ものせてね――」

「ハル兄、おれ、ラーメン食べたくなってきた！　買い出し行ってくるから作って！」

「わたしは、オムライスがいい！　卵足りてる!?　星夜にも聞いてくる！」

朝陽にまひる！　って、ハル兄はラーメンまで作れるの!?　もしかして、本当の仕事は大学での研究じゃなくて、レストランのシェフ!?　せっかくだから、わたしにも食べさせて〜！

ということで、神木家の三きょうだい（とハル兄）への質問を、お待ちしています。ぜひ、お手紙で送ってくださいね。あとがきや、お話の中（!?）で、みんなが答えてくれるかも☆

いただいたお手紙に、いつも元気と勇気をいただいています。本当にありがとう！

『神スキル!!!』七巻は、二〇二五年冬に発売予定です。

まさかのまひるが、大波乱をまきおこす!?　ワクワクいっぱいのお話になりそうです。が、その前に！

『世界一クラブ』二十巻が、二〇二五年秋に発売予定です。和馬の試練は、高層タワーで起きる大事件!?　一瞬も目がはなせないドキドキの展開になってしまいそうです！

神スキル!!!と世界一クラブ、どちらも楽しみに待っていてくださいね☆

この本を手に取ってくれたあなたにも、すごいスキルが眠っているはず。

四人目のきょうだいとして、また次の事件でお会いしましょう！

二〇二五年四月　　大空　なつき

大空なつき／作

東京都在住。12月12日生まれのいて座。お菓子は一個だけと決めたのに、気がついたら三つは食べているスキルの持ち主。趣味はゲームと料理。最新テクノロジーなど、新しいものも大好き。野生のシャチに出会うのが夢です。『世界一クラブ』にて、第5回角川つばさ文庫小説賞一般部門〈金賞〉受賞。著作に「世界一クラブ」シリーズ、「神スキル!!!」シリーズ（すべて角川つばさ文庫）。

アルセチカ／絵

イラストレーター。「神スキル!!!」シリーズ（角川つばさ文庫）、「グッバイ宣言」シリーズ（MF文庫J）のイラストを担当。絵を描くことと、ご飯を食べることが大好き。小学生に戻れるなら、その時の気持ちを大人になっても大事にするために毎日日記をつけたい。

角川(かどかわ)つばさ文庫(ぶんこ)

神(かみ)スキル!!!

絶叫(ぜっきょう)！　暴走(ぼうそう)!?　ねらわれたテーマパーク

作(さく)　大空(おおぞら)なつき

絵(え)　アルセチカ

2025年5月9日　初版発行

発行者　山下直久

発　行　株式会社KADOKAWA

〒102-8177　東京都千代田区富士見2-13-3

電話　0570-002-301（ナビダイヤル）

印　刷　株式会社暁印刷

製　本　本間製本株式会社

装　丁　ムシカゴグラフィクス

ISBN978-4-04-632363-7　C8293　　N.D.C.913　222p　18cm

●お問い合わせ

https://www.kadokawa.co.jp/（「お問い合わせ」へお進みください）

※内容によっては、お答えできない場合があります。

※サポートは日本国内のみとさせていただきます。

※Japanese text only

読者のみなさまからのお便りをお待ちしています。下のあて先まで送ってね。
いただいたお便りは、編集部から著者へおわたしいたします。

〒102-8177　東京都千代田区富士見2-13-3　角川つばさ文庫編集部

第5回
角川つばさ文庫
小説賞
金賞受賞作!
世界一クラブ
最強の小学生、あつまる!
大空なつき・作　明菜・絵
笑いと友情、事件いっぱいの
学校生活!
世界一の
天才少年
3時間ごとに
眠ってしまう!?
世界一の
柔道少女
だれでも、
投げとばす!?
忍びと
知られては
いけない!
世界一の
忍び?
世界一の
エンター
テイナー
世界一の
ドジ!?
世界一の
美少女
人前に出る
のが苦手!